Britta Kummer

Willkommen zu Hause, Amy

Teil 1 und 2

Satz: Britta Kummer
Covergestaltung: Britta Kummer
Cover-Bild: Marcella Märtel
Illustrationen: Karina Pfolz
Webseite: http://brittasbuecher.jimdofree.com
E-Mail: info.britta-kummer@t-online.de

ISBN: 978-3-7568-9839-8

Herstellung und Verlag:
BoD - Books on Demand,
Norderstedt
www.bod.de

Teil 1

Wie alles begann

1

Mein Name ist Amy. Ich bin eine junge Frau, gerade mal neunzehn Jahre alt, und kenne nicht viel vom Leben. Seit ich mich erinnern kann, habe ich in einem Heim gelebt. Meine leibliche Mutter hat mich mit drei Jahren weggegeben, weil sie damit nicht klarkam, dass ich behindert war: Die Ärzte hatten bei mir eine Muskelschwäche in den Beinen festgestellt.

Um es vorwegzunehmen: Es ist eine Krankheit, die mich heute größtenteils an den Rollstuhl fesselt. Einige Schritte kann ich zwar ohne Rollstuhl laufen, aber das nur mit Hilfe, das heißt, jemand muss mich festhalten und stützen. Die Aussicht auf ein Leben mit einem behinderten Kind war für sie unerträglich, und so gab sie mich fort.

Das Einzige, was mich an sie erinnerte, war eine Kette mit einem Anhänger in Form eines Kreuzes, das mit Steinen besetzt war. Seit ich denken konnte, trug ich diese Kette. Allerdings bedeutete mir der Anhänger nicht sehr viel; ich fand ihn einfach schön – eine Verbindung zu meiner Mutter spürte ich dadurch nicht.

Wie ihr euch sicher vorstellen könnt, ist das Leben in einem Heim nicht gerade leicht, vor allem, wenn man noch durch eine Behinderung eingeschränkt ist. Die anderen Kinder hackten auf mir herum und ließen es sich nicht nehmen, mich zu ärgern und zu quälen. Warum sie das taten, weiß ich nicht; vermutlich machte es ihnen einfach Spaß, weil ich mich wegen meiner körperlichen Einschränkung nicht wehren konnte. Und sie machten sich über meine Behinderung lustig. Ich war wohl ein gefundenes Fressen für sie; endlich hatten sie jemanden, an dem sie all ihre Wut und ihren Schmerz darüber, dass sie keine Eltern hatten, auslassen konnten. Glücklich war ja keiner hier, und so suchte sich jeder einen noch Unglücklicheren, an dem

er seine Ängste austoben konnte – und da kam ich gerade recht.

Die Schwestern waren mit der Situation überfordert und hielten sich aus der Sache heraus. Sie ignorierten es einfach, dass einem ihrer Schützlinge Leid zugefügt wurde. Ich fragte mich immer, wie sie in einen Spiegel schauen konnten, ohne sich schlecht zu fühlen.

Selbst nachts kam ich nicht zur Ruhe, denn es war inzwischen ein Riesenspaß für die anderen, mich zu dieser Zeit in meinem Zimmer zu besuchen. Und ich kann euch sagen: Eine Meute von Menschen, die nur Hass im Herzen hat, kommt auf die tollsten Ideen. So kam es, dass ich von den nächtlichen Besuchen der anderen regelmäßig Verletzungen davontrug. Es interessierte niemanden, wenn ich mit blauen Flecken oder kleineren Platzwunden am Kopf zum Frühstück kam, sie schauten einfach darüber hinweg. Vor lauter Angst ließ ich nachts das Licht an. Ich hoffte, dass man mich in Ruhe ließ, wenn sie glaubten, ich sei noch wach. Erst klappte das auch, aber mit der Zeit bekamen sie heraus, dass es eben nur ein Trick war, und alles ging weiter wie bisher.

Ich zog mich immer mehr in meine eigene Welt zurück und ließ nichts und niemanden mehr an mich heran. Ich baute eine hohe Mauer um mich und stumpfte in der Einsamkeit immer mehr ab. Gefühle ließ ich nicht mehr zu. Ich wurde kalt wie ein Stein und ließ die Demütigungen einfach an mir abprallen.

2

Ich wuchs zu einer jungen Frau heran, der inzwischen alles egal war, was um sie herum geschah. Mein Leben war nur noch ein Albtraum, von dem ich nicht wusste, wie lange ich ihn weiterhin aushalten konnte. Ich hatte keine Freunde, keiner war für mich da. Es gab keinen Menschen, dem ich meine Probleme erzählen konnte, und so stumpfte ich immer mehr ab.

Mein Verhalten änderte sich auch nicht, als die alte Heimleiterin durch eine neue ersetzt wurde. Die war ganz anders. Sie ging dazwischen, wenn ich wieder einmal gequält wurde. Sie redete mit mir und versuchte zu helfen. Auch verbrachte sie viel Zeit mit mir, fuhr mich regelmäßig nachmittags mit meinem Rollstuhl nach draußen, und wir machten ausgedehnte Spaziergänge. Aber ich ignorierte sie. Die Mauer um mich herum war inzwischen so hoch, dass überhaupt nichts mehr an mich herankam. Sie ließ nicht locker, aber alle ihre Bemühungen waren vergebens; sie konnte mich nicht erreichen.

Auf einem unserer Spaziergänge erzählte sie mir von ihrer Freundin Mary, die mit ihrer Familie und vielen Tieren auf einer Farm lebte. Mary hatte eine Tochter, die im Rollstuhl saß. Sie war durch einen Reitunfall gelähmt. Die Familie hatte die ganze Farm rollstuhlgerecht umgebaut und ihrer Tochter damit ermöglicht, weiterhin auf der Farm leben zu können.

Ich wusste nicht, warum sie mir diese Geschichte erzählte. Vielleicht wollte sie mir Mut damit machen, dass es draußen noch Leute gab, denen andere Menschen mit Einschränkungen nicht egal waren, aber was sollte das schon an meinem Leben ändern? Ich war mir sicher, dass hier sicherlich keine Person kam, um eine Behinderte zu adoptieren. Es gab genügend andere, da suchte man sich bestimmt keinen Menschen mit einem körperlichen Handicap aus.

Wieder einmal waren wir unterwegs, als wir plötzlich ein seltsames Geräusch hörten. Wir folgten ihm und erblickten einen Sack, der hinter einem Gebüsch abgelegt worden war. Von dort kamen diese Töne, ein durchdringendes, schmerzerfülltes Wimmern. Ich bat die Heimleiterin, den Beutel aufzumachen. Sie zögerte; offensichtlich traute sie sich nicht.

»Bitte!« Ich sah sie flehend an, denn ich konnte das Winseln einfach nicht mehr ertragen. Vorsichtig öffneten wir ihn. Uns schauten zwei schwarze Augen an, und ich sah, dass das Wesen, dem sie gehörten, genauso viel Angst hatte wie wir.

In dem Sack steckte ein Hund. Vorsichtig befreiten wir ihn und sahen dann, warum er so jammerte: Seine Beine waren mit einem Strick zusammengebunden. Das Seil war so eng geschnürt, dass es ihm ins Fleisch schnitt. Man konnte blutige Stellen erkennen, und er zitterte am ganzen Körper.

Kurz entschlossen schnitt ich den Strang durch. Gut, dass ich mein Taschenmesser dabei hatte! Wir hoben den Hund auf meinen Schoß, und ich streichelte ihn. Er war schon ausgewachsen. Ich war mir sicher, dass seine Besitzer ihn nicht mehr haben wollten. Gut, dass wir ihn gefunden hatten! Ohne uns hätte er sicher nicht mehr lange überlebt.

Wir fuhren zurück. Ich spürte, dass Max, so hatte ich ihn getauft, immer weniger zitterte. Ich streichelte ihn auf dem ganzen Weg und hatte das Gefühl, dass er sich bei mir sicher und geborgen fühlte.

Zu meiner großen Überraschung durfte ich ihn behalten. Ich pflegte ihn gesund, und mein Leben wurde von nun an entspannter. Niemand traute sich mehr, mir etwas zu tun, denn Max war immer in meiner Nähe, und sie hatten Angst vor ihm. Jedes Mal, wenn mir jemand zu nahekam, der in seinen Augen nicht gut für mich war, verbellte er ihn. Er knurrte laut und zeigte seine Zähne, und das war schon ein gewaltiger Anblick, denn Max war nicht der kleinste Hund, und seine Zähne sahen entsprechend gefährlich aus. Ich brauchte von nun an auch nachts keine Angst mehr zu haben, dass sich irgendjemand in mein Zimmer schlich, denn mein Hund war auch zu dieser Zeit bei mir. Trotzdem ließ ich immer noch aus alter Gewohnheit das Licht an.

Wir zwei wurden zu einer Einheit. Man traf uns immer zusammen an, und ob ihr es glaubt oder nicht, die Mauer um mich herum fing an zu bröckeln. Ich ließ Gefühle zu und konnte sogar wieder lachen. Zwar war ich nach wie vor misstrauisch anderen Menschen gegenüber, aber bei Weitem nicht mehr so stark wie vorher. Als mich die Heimleiterin einmal in den Arm nahm, ließ ich es zu und genoss die Umarmung sogar. Früher hätte ich jeden weggestoßen, der das versucht hätte. Es war für mich eine völlig neue Erfahrung, die Wärme eines anderen Menschen zu spüren, und ich fühlte mich gut dabei. Sie war auch der einzige Mensch, der sich mir nähern konnte, ohne dass Max ihn verbellte. Er spürte eben, dass sie es gut mit mir meinte.

3

Eines Tages wurden wir ins Büro gerufen. Als wir eintraten, saß dort eine fremde Frau. Sie sah sehr nett aus, aber mehr nahm ich von ihr nicht wahr. Die Heimleiterin stellte sie mir als ihre Freundin Mary vor.

Ich erinnerte mich dunkel, dass sie mir einmal von ihr erzählt hatte, konnte aber nicht verstehen, warum das für mich wichtig sein sollte. Sie erzählte mir, dass Marys Tochter an einer Lungenentzündung verstorben sei und sie sich nun auf ihrer Farm, nur von Männern umgeben, sehr einsam fühle. Ihr Mann Ben und ihr Sohn Andy waren zwar immer für sie da, aber ihr fehlte eine weibliche Person in ihrer Nähe. Der Tod ihres Mädchens war schon eine gewisse Zeit her. Obwohl sie immer noch sehr um ihr Kind trauerte, war Mary nun bereit, sich auf einen neuen Menschen einzulassen.

Mir kam das alles sehr komisch vor. Wusste sie nicht, dass ich, abgesehen von meiner Behinderung, ein Problemfall war? Ganz bestimmt war ich keine Unterstützung, wie sie eine suchte. Immerhin war die Mauer um mich herum nach wie vor vorhanden und das Misstrauen gegenüber Fremden auch nicht wesentlich geringer geworden. Umso mehr wunderte es mich, dass Max sie freudig begrüßte und sich sogar von ihr streicheln ließ. Bisher war die Heimleiterin die einzige Person, der er das erlaubte.

Ich parkte meinen Rollstuhl direkt neben ihrem Stuhl und brachte ein leises ›Hallo‹ heraus. Freundlich reichte sie mir die Hand und erwiderte meine Begrüßung.

Zu meiner Überraschung wurde ich gefragt, ob ich mit zu ihr auf die Farm wolle, um dort ein neues Leben zu beginnen. Verwundert über dieses Angebot schaute ich sie ungläubig an. Sie versicherte mir, dass dies kein Scherz sei. Sie redete auf mich ein, und nach langem Hin und Her stimmte ich zu. Allerdings war die Bedingung, dass Max mich begleiten durfte. Ohne ihn wollte ich nicht gehen, denn schließlich war er der einzige Freund, den ich hatte.

Also machten wir uns einen Tag später auf den Weg. Alles, was ich besaß, wurde in ein Auto gepackt. Da es nicht viel war, dauerte es auch nicht sehr lange. Die Heimleiterin nahm mich noch einmal in den Arm und wünschte mir alles Gute. Sie versprach, dass von nun an alles besser würde und dass ich mich auf mein neues Leben freuen sollte. Schließlich bekam ich nun endlich die Familie, die ich mir immer gewünscht hatte. Ich war mir aber gar nicht mehr sicher, ob ich das noch wollte.

Ich hatte Angst vor der Zukunft. Aber es war gut, dass Max bei mir war: Er gab mir etwas Sicherheit.

Mary redete und redete während der ganzen Fahrt. Sie erzählte mir von ihrer Familie, von ihrer verstorbenen Tochter, von den vielen Tieren auf der Farm und von allem, was ihr so einfiel. Sie sprach, ohne Luft zu holen, und so langsam ging sie mir damit auf die Nerven. Sie berichtete, dass sie das komplette Haus und alles drum herum rollstuhlgerecht umgebaut hatten, seitdem ihre Tochter durch den Reitunfall an den Rollstuhl gefesselt gewesen war, dass ich mir also keine Sorgen zu machen brauchte, wie ich mich dort mit meinem fahrbaren Untersatz bewegen konnte. Überall gäbe es befestigte Wege und Rampen, sodass ich dort auch alleine gut klarkommen würde. Wenn ich ehrlich bin, bekam ich nur die Hälfte von dem mit, was sie mir erzählte, ließ es mir aber nicht anmerken. Es war einfach alles zu viel für mich, was da auf mich einströmte, und ich zog mich wieder in mein Schneckenhaus zurück.

Mary bemerkte das, schaltete das Radio an und hörte mit dem Reden auf. Ich war ihr sehr dankbar dafür. Die Fahrt dauerte etwa drei Stunden, bis wir zu der Farm kamen.

»Da sind wir«, sagte sie mit freudiger Stimme. Wir fuhren die Auffahrt entlang und gelangten nach nur kurzer Fahrzeit zu einem großen Haus. Ich schaute aus dem Fenster und konnte viele Weiden und Felder erkennen. So weit ich blicken konnte, waren dort unzählige Rinder. Etwas weiter entfernt stand eine große Scheune. Auch ein Reitplatz war zu sehen.

Auf der Veranda des Hauses erwarteten uns zwei Personen. Ein älterer Mann, wahrscheinlich Marys Ehemann Ben, und ein hochgewachsener, muskulöser, gut aussehender junger Mann mit blondem Haar. Dies musste dann wohl Andy sein, der Sohn der Familie. So viel hatte ich von dem Gespräch noch behalten. Beide winkten mir zu.

Als das Auto am Haus anhielt, kamen sie auf uns zu. Mary schob mir den Rollstuhl an die Autotür, und ich setzte mich hinein. Noch bevor ich etwas sagen konnte, stand Ben vor mir und nahm mich in den Arm. Er drückte mich so fest an sich, dass ich kaum Luft bekam. Andy stieß ihn zur Seite und gab mir die Hand. Er lachte mich an und stellte sich vor. Als ich seine freundlichen Augen sah, wusste ich sofort, dass wir uns gut verstehen würden. Max sprang um uns herum und bellte freudig.

Andy übernahm meinen fahrbaren Untersatz und schob mich eine Rampe hinauf auf die Veranda. Nun konnte ich erkennen, dass es wirklich überall befestigte Wege gab und ich alles ohne Probleme erreichen konnte. Er erklärte mir, dass das heute nur eine Ausnahme mit dem Schieben sei, und er lachte herzlich dabei. Ich stimmte in sein Lachen ein und wunderte mich, dass ich mich diesem fremden Menschen gegenüber so schnell öffnete, aber seine ganze Art war so herzlich, dass ich gar nicht anders konnte.

Er brachte mich zu einem Tisch und stellte mich dort ab. Mary verschwand im Haus und kam nach nur kurzer Zeit mit einem großen Teller belegter Brote wieder heraus. Alle setzten sich und griffen zu. Hatte ich einen Hunger! Als ich eins vom Teller nahm, berührte ich versehentlich ihre, die auch gerade danach griff. Verlegen schaute ich sie an und zog meine Hand schnell wieder zurück. Zum ersten Mal bemerkte ich, dass auch sie diese freundlichen Augen wie ihr Sohn hatte. Zu meiner eigenen Überraschung verzogen sich meine Lippen zu einem Lächeln. Sie grinste herzlich zurück, und das Eis war fürs Erste gebrochen.

Nachdem wir alles verspeist hatten, zeigte Andy mir die Farm. Wir fuhren zu den Weiden, auf denen die Rinder standen. Max begleitete uns natürlich. Ich hatte das Gefühl, dass es ihm hier richtig gut gefiel. Er jagte bellend und schwanzwedelnd hinter einem Bullen her. Ich musste lachen, denn noch nie hatte ich ihn so ausgelassen gesehen, und das freute mich. Dann ging es zu der großen Scheune.

Ich konnte sehen, dass hier vier Pferde untergebracht waren. Andy schob mich zu der ersten Box, in der ein großer Brauner mit einem weißen Fleck auf der Stirn untergebracht war und erzählte mir, dass dies seins sei. Freudig und neugierig streckte es seinen Kopf zu mir herunter. Ich berührte sein Fell und merkte, wie weich es war. In einer anderen waren zwei weiße Pferde zusammen. Er erklärte mir, dass dies die Tiere seiner Eltern seien, aber dass seine Mutter seit dem Reitunfall seiner Schwester nie wieder auf ihrem Schimmel gesessen habe. Also kümmerte sich Andy darum.

In der letzten stand das vierte Pferd. Zu ihm hielt er einen gewissen Abstand, worüber ich mich wunderte. Es war braun-weiß gescheckt und wunderschön. Es gefiel mir besser als die anderen. Ich wollte zu ihm hinüberfahren, aber Andy hielt mich zurück. Ich schaute ihn verwundert an, und er erklärte mir, dass dies Amigo war, das Pferd seiner verunglückten Schwester. Allerdings verhielt er sich seit ihrem Tod nicht mehr wie früher. Er sei aggressiv geworden und lasse keinen Menschen mehr an sich heran.

Er hatte ihr schon als Fohlen gehört. Eines Tages waren die beiden auf einem Ausritt gestürzt. Aber auch der Rollstuhl hatte Andys Schwester nicht davon abgehalten, sich weiterhin um ihren Liebling zu kümmern. Sie brachte ihm sogar bei, dass er sich auf Kommando hinlegte, sodass sie mit Andys Hilfe trotz ihrer Lähmung auf seinen Rücken gelangen konnte. So schaffte sie es sogar, ihn noch kurze Strecken zu reiten.

Dies beeindruckte mich sehr. Aber ich konnte nicht glauben, dass Amigo, der alles vorher für seinen Menschen getan hatte, auf einmal böse geworden sein sollte. Trotz Andys Warnung rollte ich vorsichtig zu ihm hinüber. Ich kann euch nicht sagen, warum, aber ich war mir sicher, dass er mir nichts tun würde. Ich glaubte, dass er einfach nur trauerte und sich einsam fühlte. Und wie sich Einsamkeit anfühlt, wusste ich genau. Ich konnte ihn gut verstehen.

Und es kam so, wie ich vermutet hatte. Amigo blickte unsicher zu mir herunter, aber er zeigte keinerlei Aggression. Langsam streckte ich meine Hand nach ihm aus. Er wich zurück. Beruhigend sprach ich mit ihm und streckte sie erneut aus. Ich merkte, dass er Angst hatte und nicht wusste, was er tun sollte. Ich redete weiter mit ruhiger Stimme auf ihn ein, und er näherte sich wieder. Erneut streckte ich meine Hand nach ihm aus. Und diesmal wich er nicht zurück. Vorsichtig berührte ich seine Nüstern. Sie fühlten sich warm und weich an.

Andy konnte es nicht glauben und kam langsam auf uns zu. Doch als Amigo sah, dass er sich uns näherte, drehte er sich um und drückte sich in die äußerste Ecke seines Stalls. Andy klopfte mir anerkennend auf die Schulter. Er freute sich so sehr darüber, dass ich es geschafft hatte, wieder einen Kontakt zu ihm aufzubauen! Allerdings riet er mir, seiner Mutter nichts davon zu erzählen. Sie hatte wegen des Unfalls ein Problem mit ihm, obwohl ihn an dem Unfall überhaupt keine Schuld traf, wie Andy mir versicherte. Ich versprach ihm, nichts zu sagen. Nun gab es etwas, von dem nur wir zwei wussten, und mein Vertrauen zu Andy wurde noch größer.

Auf dem Weg zurück zum Haus erzählte er mir, dass die Pferde nicht immer in der Scheune untergebracht waren, sondern dass sie regelmäßig auf die Weide kamen und dass ich diese vom Haus sehen könnte. Offenbar hatte er bemerkt, dass sie mir besonders gut gefielen. Dann bat ich ihn, mir mit Amigo zu helfen. Ich war mir sicher, dass ich sein Vertrauen gewinnen konnte. Es brauchte nur etwas Zeit. Andy versprach mir zu helfen, und ich freute mich zum ersten Mal in meinem Leben auf den nächsten Tag. Ich hatte nun eine neue Aufgabe, und der wollte ich mich voll und ganz hingeben.

Als wir zurückkamen, saßen Andys Eltern immer noch am Tisch. Sie lächelten mich an und fragten, wie mir mein Ausflug gefallen habe. Verlegen grinste ich zurück und erklärte ihnen, dass ich ihn sehr schön gefunden hätte. Ihnen gegenüber war ich immer noch sehr verkrampft, obwohl sie sich alle Mühe gaben, aber mit ihnen konnte ich einfach nicht so locker umgehen wie mit Andy. Es tat mir sehr leid, aber ich konnte einfach meine Unsicherheit ihnen gegenüber nicht überwinden.

Nun übernahm Mary die Führung des Rollstuhls und schob mich den Flur entlang zu einer Tür. Die Männer blieben draußen sitzen. Sie fuhr mich in ein großes Zimmer und erklärte mir, dass dies von nun an meins sei. Ich schaute mich um. Es war freundlich eingerichtet. Ein großes Bett stand im Raum und neben der Tür ein Sessel. An den Wänden waren überall Griffe zum Festhalten angebracht. Auf dem Tisch an der anderen Seite waren liebevoll Blumen in einer Vase arrangiert. Eine Tür führte direkt in das angrenzende Badezimmer. Es war so groß, dass ich ohne Probleme hineinfahren konnte. Auch hier waren überall Befestigungen an der Wand montiert. Mary erklärte mir, dass dieses Zimmer damals extra für ihre Tochter umgebaut worden war. Sie hatte

Tränen in den Augen, und zum ersten Mal bemerkte ich, wie sehr ihr ihr Kind fehlte.

Sie ging hinaus, wünschte mir eine gute Nacht und schloss die Tür. Nun saß ich hier mitten im Raum in einer völlig fremden Umgebung und wusste nicht so genau, was ich machen sollte. Max sprang an mir hoch und legte seine Vorderbeine auf meine Oberschenkel. Er schaute mich an, und ich drückte ihn fest an mich. Meine Sachen waren bereits in den Kleiderschrank geräumt, und da ich nicht wusste, was ich sonst tun sollte, machte ich mich zum Schlafengehen fertig.

Mit Hilfe der Halterung, die am Bett befestigt war, konnte ich mich mühelos vom Rollstuhl hinauf ziehen und machte es mir bequem, nachdem ich meine Beine mit den Händen in die richtige Richtung gebracht hatte. Mein Hund saß davor und schaute mich an. Er war sich nicht sicher, ob er hineinspringen sollte. Eigentlich schlief er nachts immer am Fußende. Ich klopfte auf das Bettlaken und ermunterte ihn. Mit einem Satz landete er auf der Bettdecke und machte es sich wie gewohnt bequem.

Ich deckte mich zu und schaute zur Decke. Ich ließ den Tag in meinem Kopf Revue passieren und konnte die vielen neuen Eindrücke gar nicht verarbeiten. Keiner aus meiner neuen Familie ließ sich heute noch blicken, und ich war froh darüber. Ich schloss die Augen und schlief ein.

4

Am nächsten Tag wurde ich sehr früh wach. Draußen war es noch nicht richtig hell. Max schaute mich verschlafen an. So, wie es aussah, war auch er gerade aufgewacht. Man hörte nichts im Haus. Entweder schliefen sie alle noch oder waren schon draußen bei der Arbeit, denn so viele Tiere wollten schließlich versorgt werden.

Ich zog mich an und machte mich auf den Weg, das Haus zu erkunden. Viel davon hatte ich am Vortag ja nicht gesehen; das wollte ich nun nachholen. Leise öffnete ich meine Schlafzimmertür und verließ das Zimmer. Max folgte mir. Ich fuhr zur nächsten Tür, die offen stand, und schaute hinein. Hier befand sich die Küche. Auch sie war sehr groß und freundlich eingerichtet. Auf einem Tisch stand ein Korb mit Obst. Ich nahm mir einen Apfel heraus und verließ diesen Raum wieder. Ich sah zwei weitere Türen, die allerdings verschlossen waren, vermutlich Andys Schlafzimmer und das seiner Eltern. Durch einen großen Raum mit Kamin, den ich schon am Vortag kennengelernt hatte, kam ich zur Veranda. Ich öffnete die Tür und war draußen. Max lief sofort los, um die Gegend zu erkunden. Auch für ihn war hier ja alles noch neu.

Ich schaute mich um und konnte niemanden von meiner neuen Familie entdecken. Also machte ich mich auf den Weg zur Scheune, um Amigo zu besuchen. Da ich sehen konnte, dass die Pferde nicht auf der Weide waren, kam ich zu dem Schluss, dass sie nur in der Scheune sein konnten. Und genau so war es auch. Amigo stand in seiner Box und schaute mich mit seinen großen, dunklen Augen an. Sicher hatte er nicht damit gerechnet, dass er so früh Besuch bekam. Zumindest deutete ich seinen Gesichtsausdruck so.

Ich fuhr zu ihm und bemerkte, dass er etwas zurückwich. Leise rief ich seinen Namen. Zögernd kam er zu mir und schaute mich etwas ängstlich an. Ich streckte ihm meine Hand hin, und diesmal beschnupperte er sie. Ich hielt ihm den mitgebrachten Apfel hin. Ohne zu zögern, biss er hinein und fraß ihn auf. Noch einmal streckte ich meine Hand nach ihm aus und konnte ihn am Kopf berühren, ohne dass er zurückwich.

Ich konnte sehen, dass Max am Eingang der Scheune stand. Also war seine Erkundung der Umgebung bereits zu Ende. Er schaute sich alles aus sicherer Entfernung an. Ich hatte schon am Vortag bemerkt, dass er einen Sicherheitsabstand zu den Pferden hielt. Vielleicht waren sie ihm einfach zu groß. Nun, schaden konnte es nicht, dass er auf Distanz blieb; man konnte ja nicht wissen, wie Amigo auf ihn reagieren würde.

Auf dem Weg zurück zum Haus traf ich Andy. Ich erzählte ihm, dass sich Amigo diesmal sofort von mir hatte streicheln lassen und nicht mehr so ängstlich war wie noch am Vortag. Er freute sich sehr darüber und war sehr stolz auf mich. Schließlich hatte ich etwas geschafft, was vorher noch keiner hinbekommen hatte.

Er führte mich auf direktem Weg in die Küche, wo seine Mutter schon den Tisch gedeckt hatte. Auch sein Vater kam mit einem freundlichen ›Guten Morgen‹ herein und setzte sich. Gemeinsam nahmen wir unser erstes Frühstück ein. Seine Eltern fragten mich, ob ich gut geschlafen hätte und was ich heute machen wolle. All diese Fragen wurden mir zu viel, und ich ging wieder auf Distanz. Andy bemerkte mein Verhalten als Erster und machte den Vorschlag, dass ich ihn heute begleiten könnte. Dankbar willigte ich ein. Sie hatten nichts dagegen, und so stand einem schönen Tag mit ihm nichts im Weg.

Ich konnte es kaum erwarten, dass das Frühstück zu Ende war und wir uns auf den Weg machten. Natürlich war Max auch dabei. Wieder einmal hatte er viel Spaß daran, die Rinder zu jagen. Erstaunlicherweise hatte er vor ihnen nicht so einen Respekt wie vor den Pferden, obwohl sie auch nicht gerade klein waren.

Während Andy einige Stellen am Zaun reparierte, versuchte ich, etwas mehr über meine neue Familie zu erfahren. Er erzählte mir, dass die Farm schon seit mehreren Generationen in Familienbesitz war und dass sie hauptsächlich von der Rinderzucht lebten. Die Pferde waren nur zum Vergnügen da. Alle halfen mit, dass es reibungslos lief. Jeder hatte seine festen Aufgaben, um die er sich kümmern musste.

Andy fragte mich dann, ob ich ihm nicht bei der Versorgung der Pferde helfen wolle. So könnte ich viel Zeit mit Amigo verbringen, ohne dass seine Eltern Verdacht schöpften. Ich war sehr froh über diesen Vorschlag. Beim Mittagessen wollten wir den beiden von unserem Vorhaben berichten.

Den ganzen Vormittag verbrachte ich mit ihm bei seiner Arbeit. Wir unterhielten uns, lachten viel und hatten einfach nur Spaß. So ausgelassen war ich schon lange nicht mehr und es fühlte sich richtig gut an. Er wuchs mir immer mehr ans Herz. Obwohl ich ihn erst anderthalb Tage kannte, hatte ich das Gefühl, als würde ich ihn schon mein ganzes Leben kennen. Bei ihm verhielt ich mich völlig normal und verkrampfte nicht so wie bei seinen Eltern. Ich wusste auch nicht, warum, aber ich hatte das Gefühl, dass wir beide irgendwie seelenverwandt waren.

Der Vormittag verging wie im Flug, und schon wieder saßen wir mittags gemeinsam am Tisch. Ohne lange zu warten, sprach Andy seine Eltern darauf an, dass er glaubte, es sei sehr gut für mich, wenn ich eine Aufgabe hätte. Ohne sie zu

Wort kommen zu lassen, erzählte er ihnen, dass ich Pferde sehr gerne hätte und es deshalb eine gute Idee wäre, wenn ich ihm bei der Versorgung und Pflege der Tiere helfen könnte. Sein Vater war sofort begeistert von der Idee und stimmte zu. Nur seine Mutter machte einen Einwand. Sie reagierte genau so, wie Andy es mir vorausgesagt hatte. Sie fand es zwar gut, dass ich helfen wollte, schärfte ihm aber ein, dass er dafür Sorge zu tragen hätte, dass ich mich nicht in der Nähe von Amigo aufhielte. Er schaute mich an und zwinkerte mir zu, als ob er sagen wollte: Habe ich dir doch gesagt! Wir mussten ihr versprechen, dass wir – und besonders ich – Abstand von dem gefährlichen Tier hielten. Denn das war Amigo in ihren Augen nun mal. Von dieser Meinung ließ sie sich nicht abbringen. Könnte sie doch nur verstehen, dass er einsam war und sich deshalb so verhielt! Wir versicherten es ihr, und da gab sie Ruhe.

Mir kam es so vor, als ob das Mittagessen nicht enden wollte. Ich brannte darauf, den Nachmittag wieder mit Andy zu verbringen und eine Menge Neues zu erfahren. Es kam mir wie eine Ewigkeit vor, bis er endlich aufstand und seinen Eltern verkündete, dass er nun wieder an seine Arbeit gehen wollte. Sie wünschten uns viel Spaß, und schon machten wir uns auf den Weg. Heute Nachmittag stand Lederpflege von Sätteln und Trensen auf dem Programm sowie von allem anderen, was aus Leder bestand. Wir saßen schon eine gewisse Zeit zusammen und unterhielten uns über dies und das, als ich Andy noch einmal nach seiner verstorbenen Schwester fragte. Er erzählte mir, dass er ein Jahr älter war und sie ein sehr inniges Verhältnis zueinander gehabt hätten. Aber das sei nichts gegen das Verhältnis zwischen Mutter und Tochter: Die beiden waren ein Herz und eine Seele gewesen.

Je mehr er darüber sprach, umso bewusster wurde mir, wie sehr Mary unter dem Tod ihrer Tochter leiden musste. Gerade erst hatte sie akzeptieren müssen, dass ihr geliebtes Kind für immer im Rollstuhl sitzen musste, und dann erkrankte sie auch noch an einer Lungenentzündung, an der sie verstarb.

Ich hatte Hemmungen, Näheres über den Reitunfall in Erfahrung zu bringen, aber Andy erzählte von alleine, wie es zu dem Unfall gekommen war, der das Leben der ganzen Familie verändert hatte.

Sie waren alle gemeinsam auf einem Ausritt gewesen. Ein großes Feld lud zum Galoppieren ein. Seine Schwester war eine sehr gute Reiterin, da sie seit Kindesbeinen auf Pferden saß. Sie galoppierten los und ließen ihre Vierbeiner laufen. Doch auf einmal war da ein Loch, das sie nicht sehen konnte. Es ging alles so schnell, Amigo trat dort hinein, verlor das Gleichgewicht und beide stürzten. Er versuchte noch, seiner Reiterin, die bereits auf dem Boden lag, auszuweichen, doch er hatte zu viel Schwung, konnte sich nicht mehr ausbalancieren und fiel auf sie.

Andy hatte Tränen in den Augen, als er mir davon erzählte, und ich fand keine tröstenden Worte, die ich ihm hätte sagen können. Da sie zu weit von der Farm entfernt waren, wo es ein Telefon gab, kein Handy mit hatten und auch zu weit weg waren von der nächsten Straße, wussten sie nicht, was sie machen sollten. Die Stadt lag etwa eine halbe Stunde querfeldein von der Unfallstelle entfernt. Er sprang auf sein Tier und ritt so schnell er konnte los, um aus der Stadt Hilfe zu holen, während die Eltern bei ihrer Tochter blieben.

Er galoppierte mitten in die Stadt direkt bis vor das Krankenhaus, sprang von seinem Pferd und lief hinein. Ein Arzt kam auf ihn zu. Hastig berichtete er ihm, was passiert war.

Sofort wurde veranlasst, dass sich ein Krankenwagen zur Unfallstelle aufmachte.

Sie wurde ins Krankenhaus gebracht, wo man nach zahlreichen Untersuchungen zu der niederschmetternden Diagnose kam, dass sie für immer gelähmt bleiben würde. Amigo hatte sie zu stark am Rücken verletzt, als er auf sie fiel. Es waren Nervenstränge verletzt worden, die man nicht mehr reparieren konnte.

Mir stockte der Atem. Nun konnte ich auch endlich verstehen, warum Andys Mutter aufgehört hatte zu reiten. Sie hatte Angst, dass ihr genau dasselbe passieren könnte. Dabei hatte sie das Reiten so geliebt. Doch von einem auf den anderen Tag hatte sie damit aufgehört und nie wieder den Mut gefunden, es noch einmal zu versuchen.

Seine Augen füllten sich immer mehr mit Tränen. Hätte ich doch nicht nach seiner Schwester gefragt! Als ob er meine Gedanken lesen könnte, nahm er meine Hand in seine und sagte, ich solle mir keine Vorwürfe machen, dass ich gefragt hätte. Schließlich sei es gut, wenn ich wüsste, was passiert sei. Außerdem sei es besser, wenn er es mir erzählte, als wenn es seine Eltern täten. Er wusste genau, dass seine Mutter sehr große Probleme damit gehabt hätte, mir alles selber zu berichten, und deshalb wollte er ihr diese Last abnehmen. Er fügte noch hinzu, dass sie auch wollten, dass ich die ganze Geschichte erfuhr. Er machte eine kurze Pause, holte tief Luft und redete weiter.

Als die Eltern wussten, dass ihr Mädchen für immer im Rollstuhl sitzen musste, kratzten sie all das ersparte Geld zusammen, liehen sich noch etwas von der Bank und bauten die Farm so um, wie sie jetzt war. Als die Schwester nach ihrem Krankenhausaufenthalt wieder zu Hause war, kam sie erstaunlicherweise gut mit ihrer Behinderung zurecht. Nur die Mutter litt immer mehr darunter, ihr Kind so zu sehen, und versuchte, sie von allem fernzuhalten, was ihr schaden könnte.

»Am liebsten hätte sie sie in einen Glaskäfig gesetzt«, erzählte Andy. »Aber da machte sie die Rechnung ohne den Wirt. Trotz ihrer Behinderung war sie voller Tatendrang und ließ sich auch von unserer Mutter nicht aufhalten, mit mir auf die Weiden zu fahren. Genau wie du«, fügte er hinzu. »Sie wollte weiterhin mit Amigo zusammen sein und suchte seine Nähe; und auch ihm tat es gut, dass sie wieder vereint waren. Sie wusste genau, dass ihr geliebtes Pferd keine Schuld an diesem Unfall trug. Es war einfach Schicksal, dass dieses Unglück passierte.« Er machte eine kleine Pause.

»Ihr kam die Idee, dass wir Amigo nur dazu bringen müssten, dass er sich auf Kommando hinlegt. Sie war sich sicher, dass sie dann mit meiner Hilfe wieder auf seinen Rücken gelangen und reiten konnte. Wie du dir vorstellen kannst, war Mutter von dieser Idee nicht begeistert. Jedoch ließ sich meine Schwester davon nicht abhalten und setzte ihren Kopf durch, und ich stand ihr dabei tatkräftig zur Seite. Ich holte Erkundigungen ein, wer uns helfen konnte. Schnell war ein Trainer gefunden, und es dauerte nicht lange, bis Amigo sich auf Anweisung hinlegte.

Dann wurde sie zu dem liegenden Pferd gefahren. Sie wurde von mir aus dem Rollstuhl gehoben und seitlich auf ihn gesetzt. Er hielt ganz still, als ob er genau wüsste, dass er sich jetzt nicht bewegen durfte. Anstatt eines Sattels hatten wir Amigo einen Gurt mit Griffen angelegt, an dem sie sich gut festhalten konnte. Dann lief ich auf die andere Seite und legte eines ihrer Beine hinüber – und schon saß sie auf ihm. Sie hielt sich fest, und Amigo stand auf Befehl wieder auf. Nie werde ich ihre

Freude vergessen! Sie strahlte über das ganze Gesicht, und ihre Augen füllten sich mit Tränen.

Unsere Eltern beobachteten alles, obwohl Mutter diese Idee immer noch nicht gut fand. Aber da meine Schwester den gleichen Dickkopf wie Mutter hatte, blieb ihr nichts anderes übrig, als dazustehen und zuzuschauen. Vater hielt sie dabei im Arm und versuchte, ihr etwas Sicherheit zu geben. Ich führte Amigo zwei Runden über den Reitplatz, und dann ließ ich ihn sich wieder hinlegen. Ich hob sie vom Pferd und setzte sie zurück in den Rollstuhl. Ohne Worte fielen wir uns in die Arme und waren nur glücklich. Seit diesem Tag ritt sie öfter; zwar nicht jeden Tag, weil ihre Kräfte dazu nicht ausreichten, aber doch mehrmals in der Woche. Jedes Mal strahlte sie, wenn sie vom Pferderücken gehoben wurde, und ihre positive Einstellung ging allmählich auch auf Mutter über. Immer besser kam sie damit klar, dass ihre Tochter nicht mehr laufen konnte, und sie konnte sogar wieder lachen.

Doch dann kam der Winter, und der war sehr kalt. Meine Schwester wurde krank. Erst war es nur eine harmlose Erkältung, doch daraus entstand schnell eine Lungenentzündung, an der sie dann starb. Die Ärzte erklärten uns, dass ihr Körper einfach noch zu schwach für so eine Erkrankung war. Die Medikamente schlugen nicht an, und so fanden wir sie eines Morgens tot in ihrem Bett. Sie war einfach eingeschlafen.«

Je mehr Andy erzählte, umso stärker spürte ich den Druck in meiner Hand. Er hatte sie während der ganzen Geschichte nicht losgelassen. Mit meiner freien Hand streichelte ich über seinen Kopf, aber ich fand auch diesmal keine tröstenden Worte, die ich ihm hätte sagen können. Er erzählte weiter, wie sich dann alles seit dem Todesfall verändert hatte. Mutter ließ keinen mehr an sich heran, saß nur noch teilnahmslos da und weinte. Selbst ihr Mann drang nicht mehr zu ihr vor. So ging es Wochen und Monate, bis sie einen Anruf von ihrer Freundin erhielt. Eurer Heimleiterin. Sie unterhielten sich sehr lange, und ich hatte das Gefühl, dass ihr dieses Telefonat sehr gutgetan hatte. Irgendwann kam dann dein Name ins Gespräch. Deine Heimleiterin hatte dich sehr ins Herz geschlossen und überzeugte sie davon, dass es sowohl für dich als auch für sie gut wäre, dass ihr euch kennenlernt. Abends beim Essen sprachen wir über dieses Thema und konnten sie schließlich davon überzeugen, dass dies ein Neuanfang für euch beide sein könnte – und wie man sieht, nun bist du hier.«

Während der ganzen Erzählung lag Max neben mir. Nun schaute er mich mit seinen großen Augen an, als ob er alles verstanden hätte. Er sprang an mir hoch und legte seinen Kopf auf meinen Oberschenkel. Wie immer streichelte ich ihn und war froh, dass er da war.

Andy erzählte mir, dass Mutter noch so ihre Probleme damit hätte, ihre Gefühle mir gegenüber zu zeigen, da ihr ihre Tochter immer noch sehr fehlte, aber dass ich ihr eine Chance geben sollte. Er war sich sicher, dass wir uns mit der Zeit näherkommen würden, und er bat mich darum, den ersten Schritt auf sie zu zu machen.

5

»Leichter gesagt als getan«, erwiderte ich. Die ganze Familie wusste durch die Erzählungen, was mir alles passiert war, und Andy konnte auch verstehen, dass ich nach wie vor Probleme damit hatte, mich Menschen gegenüber zu öffnen und ihnen zu vertrauen. Aber er war auch der Meinung, dass ich nun endlich einen Schlussstrich ziehen müsse, um hier noch einmal neu anfangen zu können. Ich versprach ihm, mich zu bemühen. Irgendwie tat es mir nun richtig leid, dass ich seiner Mutter noch nicht die Möglichkeit gegeben hatte, mich kennenzulernen, und ich nahm mir fest vor, das zu ändern.

Der Abend näherte sich, und wir hatten nicht viel geschafft. Wir legten die Sachen weg und machten uns auf den Heimweg. Morgen war schließlich auch noch ein Tag. Andy wollte mich aus der Scheune schieben, aber ich wollte erst noch einmal bei Amigo vorbeischauen, also fuhr er mich zu seiner Box. Wieder rief ich seinen Namen. Er hob den Kopf, kam zu mir und ließ sich streicheln. Als Andy seine Hand vorsichtig nach ihm ausstreckte, wich er nicht zurück.

Schon als wir das Haus betraten, roch es nach Essen. Wir machten uns direkt auf in die Küche, wo Mary schon den Tisch gedeckt hatte. Freudig begrüßte sie uns, nahm Andy in den Arm und gab ihm einen Kuss auf die Stirn. Dann kam sie zu mir, und ich merkte, dass sie nicht genau wusste, ob sie auch mir einen Kuss geben sollte. Ich lachte sie an und gab ihr damit zu verstehen, dass es mich nicht stören würde, wenn sie das auch bei mir tun würde. Meine Signale kamen an. Sie nahm mich ebenfalls in den Arm, drückte mich und gab mir einen Schmatzer auf die Stirn. Ich schaute zu Andy und sah, wie er breit grinsend den Finger hob. Sein Vater, der bereits am Tisch saß, beobachtete uns, und auch er konnte sich ein Schmunzeln nicht verkneifen.

Ich merkte, wie mir beim Essen so langsam die Augen zufielen, und verabschiedete mich sehr bald, um zu Bett zu gehen. Mary und Ben standen auf und nahmen mich noch einmal in den Arm. Andy winkte mir zu, und ich machte mich, gefolgt von Max, auf den Weg in mein Zimmer. Ich musste feststellen, dass es gar nicht so schlimm war, wenn ich die Mauern um mich herum fallen ließ und das es sich gut anfühlte, in den Arm genommen zu werden.

Auf meinem Bett liegend dachte ich über den Tag nach. So schlecht war dieser heute gar nicht gewesen. Ich hatte viel über meine neue Familie erfahren und kam zu dem Schluss, dass ich ihnen eine Chance geben wollte. Das hatten sie einfach verdient.

6

Eines nachts wurde ich von einem Klopfen an meiner Tür geweckt und schreckte hoch. Ich schlief immer noch sehr schlecht wegen der Erfahrungen, die ich im Heim gemacht hatte. Max fing an zu knurren. Er reagierte genauso, wie er es immer getan hatte, sprang vom Bett und lief zur Tür. Dann hörte ich die vertraute Stimme von Mary und sagte: »Herein.« Langsam öffnete sie die Tür. Als Max sie erkannte, hörte er sofort mit dem Knurren auf und sprang wieder zurück aufs Bett.

Sie fragte, ob sie hereinkommen dürfe, und natürlich sagte ich ja. Sie trug einen Bademantel. »Ich wollte mir in der Küche ein Glas Wasser holen, da sah ich unter deiner Tür noch Licht. Ist alles in Ordnung?«, fragte sie und setzte sich auf die Bettkante. »Hast du noch nicht geschlafen?«

»Nein. Aber auch wenn ich schlafe, lasse ich das Licht immer an«, sagte ich und erzählte ihr, warum. Als ich geendet hatte, schaute sie mich schweigend an. Und was sie dann tat, versetzte mich in Erstaunen: Sie stand auf, ging auf die andere Seite des Bettes, klappte die Decke zur Seite und schlüpfte zu mir ins Bett. Sie legte den Arm um mich und schmiegte sich an mich. Ich konnte ihren Atem spüren.

»Vertrau mir«, sagte sie, »schalte das Licht ruhig aus, ich werde schon aufpassen, dass dir nichts passiert.«

Verwirrt knipste ich die Lampe aus. Ich spürte ihren warmen Körper an meinem, spürte ihren Arm, der mich umschlang, und fühlte mich wunderbar geborgen. So viel Wärme hatte ich bisher noch nie von einem Menschen bekommen – ich sog sie geradezu in mich auf.

Als ich am nächsten Morgen wach wurde, lag Max auf dem Boden. Ich spürte die Nähe von Mary immer noch. Ich drehte mich um und sah, dass sie bereits wach war. Liebevoll schaute sie mich an und küsste mich auf die Stirn. Dann hörten wir Unruhe im Haus aufkommen. Ich vernahm, dass Ben nach seiner Frau rief. Kurz darauf rief Andy. Offenbar waren beide beunruhigt, weil keine Spur von ihr zu finden war. Wir schauten uns an, lachten und riefen dann zurück. Schnell standen beide in meinem Zimmer. Sie konnten nicht glauben, was sie da sahen.

Mary stand auf und schob die Männer aus dem Zimmer. Ich bekam mit, wie sie sich auf dem Flur unterhielten. Sicher erklärte sie ihnen alles – und ich hatte überhaupt kein Problem damit, dass sie das tat. Nachdem nun wieder Platz im Bett war, sprang Max hinein. »Wurde dir in der Nacht mit uns beiden zu eng im Bett?«, lachte ich. Er bellte leise auf, als ob er meine Vermutung bestätigen wollte. Ich drückte seinen Kopf an mich und streichelte ihn ausgiebig. Schnell zog ich mich an und machte mich auf den Weg in die Küche. Ben hatte bereits die Küche verlassen, da er noch etwas auf der Farm erledigen musste. Nur Andy saß noch am Tisch und grinste mich an. Als Mary mich sah, schenkte sie mir ein strahlendes Lächeln, und ich konnte es nur erwidern.

7

Mary erzählte uns, dass sie gleich in die Stadt fahren müssten und vor dem Abendbrot nicht zurück seien. Sie baten uns, das Abendessen vorzubereiten und wünschten uns einen schönen Tag.

Als das Auto wegfuhr, stieß ich Andy in die Seite, und er wusste genau, was ich meinte: Dies war die Gelegenheit, das erste Mal mit Amigo zu üben!

Er holte ihn von der Weide und brachte ihn auf den Reitplatz. Er machte den Führstrick von seinem Halfter los und ließ ihn frei über den Platz laufen. Ich fragte Andy, warum er das tat, und er erzählte mir, dass sich Amigo erst einmal an mich und meinen Rollstuhl gewöhnen müsse. Ich schaute ihn verwundert an, und noch bevor ich eine weitere Frage stellen konnte, schob er mich in die Mitte des Reitplatzes, ließ mich dort stehen und verschwand hinter den Zaun. Ich hatte ein komisches Gefühl. Andy hatte mir versichert, dass er immer in meiner Nähe sei und ich keine Angst zeigen dürfe.

Max lag am Ende des Reitplatzes im Gras und schaute sich alles aus sicherer Entfernung an. Immer noch hatte er einen so großen Respekt vor Pferden, dass er sich nicht in ihre Nähe traute. In dieser Situation war es auch gut so. Er hätte Amigo bestimmt nur nervös gemacht, wenn er mit auf den Platz gelaufen wäre.

Amigo schaute mich an. Ich spürte, dass auch er nicht so genau wusste, was er machen sollte. Ich zog einen Apfel aus meiner Jackentasche und rief seinen Namen. Er spitzte die Ohren und kam langsam auf mich zu. Andy stand am Zaun und beobachtete alles. Amigo beschnupperte die Leckerei und biss hinein. Er schmatzte, und der Saft, der aus seinem Maul tropfte, kleckerte auf meine Hose. Wieder streckte ich meine Hand nach seinem Kopf aus. Er schaute mich an, senkte den Kopf und ließ sich bereitwillig kraulen.

»Gut gemacht!«, rief Andy. »Wie es aussieht, hat er überhaupt keine Angst vor dir und deinem Rollstuhl. Nun fahr mal ein bisschen über den Platz, mal sehen, wie er reagiert.«

Aber es passierte nichts. Ich setzte meinen Rolli in Bewegung, und Amigo folgte mir. Er lief neben mir her, als ob wir das schon unser ganzes Leben lang gemacht hätten.

Andy rief: »Nun ist es genug.«

Er befestigte den Führstrick wieder am Halfter und wollte ihn zurück auf die Koppel bringen, aber ich ließ es mir nicht nehmen, ihm noch den zweiten Apfel zu geben, den ich für ihn mitgebracht hatte. Auch diesen verspeiste er genüsslich, und gemeinsam brachten wir ihn zurück.

Andy klopfte mir auf die Schulter und sagte mir, dass nun der Anfang gemacht sei. Er sei mächtig stolz auf mich und glaube nun auch, dass wir es schaffen könnten. Nur, wie sollten wir es unseren Eltern beibringen, dass ich ihn reiten wollte? Er war sich sicher, dass unsere Mutter auf jeden Fall dagegen war. Aber bis dahin war noch genügend Zeit; wenn es so weit war, fiel uns bestimmt etwas ein.

Auf dem Weg zurück zum Haus fragte ich ihn, was mit den Rindern passierte, wenn sie verkauft wurden. Er erzählte mir, dass ein reicher Mann aus der Stadt die Tiere kaufe, um sie weiterzuverkaufen. So ging es Jahr für Jahr. Neue Kälber wurden geboren, wuchsen auf und wurden wieder verkauft. Auf die Frage, wie viele Rinder im Besitz der Familie waren, konnte Andy mir auch nichts Genaues sagen, aber so weit man sehen konnte, standen zahlreiche Tiere auf verschiedenen Weiden, und die gehörten alle zu unserer Farm. Deshalb waren die Eltern auch heute in die Stadt gefahren, um mit dem Käufer zu sprechen und den Preis für die Rinder auszuhandeln.

Wir hatten noch etwas Zeit, bevor wir uns um das Abendessen kümmern mussten, und setzten uns auf die Veranda. Andy fragte mich, wie es mir hier gefallen würde und ob ich immer noch solche Probleme damit hätte, Gefühle an mich heranzulassen. Ich erzählte ihm, dass ich mich hier sehr wohl fühlte und dass es mir sehr geholfen hatte, dass wir beide uns auf Anhieb so gut verstanden hatten. Ich berichtete ihm auch, dass ich sehr überrascht, aber auch berührt davon gewesen war, dass sich Mutter zu mir ins Bett gelegt hatte, um mir meine Angst zu nehmen. Dass sie es einfach getan hatte, ohne darüber nachzudenken.

»So ist sie nun einmal«, sagte er. »Sie hat so viel zu geben, wenn man sie nur lässt.«

Ich verriet ihm, dass ich immer noch nicht so weit war, sie ›Mama‹ zu nennen. Er nahm meine Hand und sagte mir, dass das nur etwas Zeit brauchte. Irgendwann kam bestimmt die richtige Gelegenheit, und dann würde dieses Wort wie von allein über meine Lippen kommen. Ich hoffte nur, dass er recht hatte.

Das Verhältnis zu Vater war nicht so schwierig für mich. Er verlangte nichts von mir. Er war immer nur freundlich, und wenn ich seine Hilfe brauchte, war er da. Ansonsten ließ er mich in Ruhe und wartete darauf, dass ich von mir aus auf ihn zukam; das machte alles viel einfacher.

Max drängte sich zwischen uns, als Andy meine Hand hielt. Gleichzeitig streichelten wir ihn und dann erklärte ich, dass der Hund immer das wichtigste Lebewesen in meinem Leben gewesen war. Schließlich war er immer zur Stelle, wenn ich ihn brauchte.

Andy lachte und fragte: »Muss ich jetzt eifersüchtig sein? Ich dachte, ich sei wichtiger für dich!«

Aber ich erkannte an seiner Stimme, dass er mich nur ärgern wollte.

Als er auf die Uhr schaute, bemerkte er, dass es nun aber an der Zeit war, das Essen vorzubereiten. Gemeinsam gingen wir in die Küche, mit Max im Schlepptau. Er hielt sich gerne in der Küche auf, denn hier fiel immer etwas Leckeres für ihn ab. Alle hatten ihn so ins Herz geschlossen, dass er einfach dazugehörte.

Gerade als ich mit dem Decken des Tisches fertig war, hörte ich die Hupe des Autos. Unsere Eltern kamen zurück, und ich war gespannt, was sie zu erzählen hatten.

Als sie die Küche betraten, strahlten sie über das ganze Gesicht. Mutter kam sofort auf uns zu und drückte uns, ohne dass wir uns wehren konnten, schon wieder einen Kuss auf die Stirn. Auch Vater hatte richtig gute Laune. Ganz spontan nahm er uns in den Arm und lachte. Andy und ich brachten das Essen zum Tisch, belegte Brote und einen Salat, und dabei flüsterte er mir zu, dass sie sicher so gute Laune hätten, weil der Verkauf der Rinder gut verlaufen war.

Und so war es auch. Sie erzählten uns, dass der Käufer den größten Teil der Herde gekauft hatte und sie nun einiges von den Schulden abbezahlen konnten, die sie damals wegen des Umbaus machen mussten. Er wollte nächstes Wochenende auf die Farm kommen, um das Geld zu bringen und um abzusprechen, wann er die Tiere holen konnte. So hatten die Männer noch genügend Zeit, alle zu markieren, zusammenzutreiben und dann auf eine nahegelegene Weide am Hof zu bringen. Ich war überrascht, dass der Käufer die Tiere nicht sehen wollte, aber Vater erklärte mir, dass sie schon sehr oft zusammen Geschäfte gemacht hatten. Er wusste genau, dass sie ihm gute Tiere verkauften, und unsere Eltern wussten genau, dass er sie nicht über den Tisch zog. Es war ein gegenseitiges Vertrauen, das in dieser schon langen Geschäftsbeziehung bestand.

Nach dem Essen holte Mutter eine Tasche hervor. Es waren zwei Pakete darin, und sie reichte mir und Andy jeweils eins davon. Noch nie hatte ich etwas geschenkt bekommen und wusste deswegen nicht, was ich sagen sollte. Ich brachte ein leises ›Danke‹ über die Lippen und packte aus. Es kam ein wunderschöner bunter Pullover zum Vorschein. Als ich ihn in die Hand nahm, merkte ich, wie weich er war. Überglücklich schaute ich sie an und musste stark mit mir kämpfen, nicht zu weinen.

Auch für Andy hatte sie einen mitgebracht, nur dass seiner nicht so farbenfroh war. Max kam aus seiner Ecke und bellte auf, als ob er sagen wollte: Und wo ist mein Geschenk? Und tatsächlich, sie hatten ihn nicht vergessen. Sie holte einen großen Kauknochen heraus und legte ihn vor seine Pfoten. Max reagierte sofort und schnappte ihn sich. Wie ein geölter

Blitz verzog er sich in seine Ecke, als hätte er Angst, ihn wieder abgenommen zu kriegen. Wir schauten uns nur an und mussten herzhaft lachen.

Ich zog meinen neuen Pulli an. Da es hier abends manchmal trotz der trockenen Hitze schon etwas kühl war und ich vorhatte, draußen noch eine Runde mit meinem Rollstuhl zu drehen, konnte es nicht schaden, etwas wärmer angezogen zu sein. Ich verkündete unserer Familie mein Vorhaben. Mutter stand sofort auf, doch Vater hielt sie zurück. Mit einem bedeutungsvollen Blick gab er ihr zu verstehen, dass ich auch mal alleine sein wollte.

Auch Andy blieb sitzen. Nur Max stand auf und lief mit mir zur Tür, obwohl er doch so mit seinem Knochen beschäftigt war. Aber für mich ließ er ihn einfach liegen und folgte mir.

Draußen dämmerte es bereits, und ich fuhr ohne ein bestimmtes Ziel los. Auf einmal kam ich an eine Stelle, von der man auf das ganze Tal herabschauen konnte. Obwohl es schon langsam dunkel wurde, war es ein überwältigender Anblick. Wie musste es erst im Hellen aussehen? Über den Bergen ging die Sonne unter und tauchte sie in ein schimmerndes Rot. So etwas hatte ich noch nie gesehen; mir stockte der Atem, so verzaubert war ich. Max saß neben mir, und wir verfolgten das Schauspiel, bis die Sonne untergegangen war. Nun war es aber an der Zeit, zurück nach Hause zu fahren, da Mutter sonst bestimmt aus lauter Sorge um mich einen Suchtrupp losgeschickt hätte. Auf dem Rückweg merkte ich mir genau den Weg, um später wieder zu dieser Stelle zu finden. Ich nahm mir vor, keinem von diesem Ort zu berichten. Ich wollte ihn ganz für mich alleine. Wenn ich einmal Zeit zum Nachdenken brauchte oder einfach nur vor der Familie flüchten wollte, war dies der richtige Platz.

Als ich auf das Haus zufuhr, sah ich Mutter schon von Weitem auf der Veranda stehen. Sie hielt Ausschau nach mir, und man konnte ihr anmerken, dass es ihr nicht gefiel, nicht zu wissen, wo ich war.

Mit Schwung fuhr ich die Rampe hoch und sagte gut gelaunt: »Da bin ich wieder!«

Als sie mich fragte, wo ich gewesen war, sagte ich ihr nur, dass ich einfach ein bisschen herumgefahren sei, um etwas frische Luft zu schnappen, bevor ich schlafen ging. Sie schaute mich skeptisch an, nahm meine Antwort aber hin. Gemeinsam betraten wir das Haus und setzten uns zu den anderen an den Kamin.

8

Erneut übermannte mich die Müdigkeit, und ich verabschiedete mich schnell, um ins Bett zu gehen. Ich war es immer noch nicht gewohnt, den ganzen Tag an der frischen Luft zu sein. Es war zwar schön, aber es machte müde. Ohne auf die anderen zu achten, fuhr ich zu meinem Zimmer. Ich hörte noch ein lautes »Gute Nacht!«, bevor ich darin verschwand. Max sprang sofort auf das Bett und machte es sich bequem.

Auch ich machte mich bettfertig, immer noch überwältigt von dem schönen Tag. Der kleine Erfolg mit Amigo machte mich glücklich und zufrieden, dann noch das Geschenk und der herrliche Sonnenuntergang. So einen schönen Tag hatte ich noch nie erlebt, und zum ersten Mal fühlte ich mich richtig zu Hause.

Heute Nacht wollte ich das erste Mal versuchen, ohne Beleuchtung zu schlafen. Ich wollte nicht riskieren, dass Mutter wieder nachts bei mir im Zimmer stand, nur weil sie noch Licht bei mir sah. Ich wusste, dass sie es gerne getan hatte, aber ich musste nun endlich lernen, dieses Problem mit dem Einschlafen selber zu bewältigen.

Mit zitternder Hand schaltete ich die Lampe aus und starrte zur Decke. Viel konnte ich nicht sehen. Ich lauschte, ob ich Geräusche hörte und zog mir die Decke bis zum Kinn. Instinktiv krabbelte Max vom Fußende zu mir hoch und legte sich an meine Seite. Ich nahm ihn in den Arm und schlief irgendwann ein.

Nachts wurde ich wach und schaute automatisch zur Tür. Irgendwie hatte ich das Gefühl, dass ich etwas gehört hatte, aber da Max nicht reagierte, hatte ich wohl nur geträumt. Ich schaute noch einmal hin und war mir sicher, dass ich Umrisse erkennen konnte. Vorsichtig schaltete ich das Licht an und konnte erkennen, dass Mutter in dem Sessel an der Tür saß. Sie schlief tief und fest in eine Decke eingewickelt. Sie atmete ruhig und sah so liebevoll und beschützend aus, dass ich es nicht übers Herz brachte, sie zu wecken. Ich knipste die Lampe aus und schlief wieder ein.

Als ich morgens wach wurde, war der Sessel leer. Ich stand auf, zog mich an und machte mich auf den Weg in die Küche. Auf dem Weg dorthin traf ich Andy und erzählte ihm, was geschehen war. Er schmunzelte, riet mir aber, Mutter nichts davon zu sagen, dass ich bemerkt hatte, dass sie die Nacht dort verbracht hatte. Sie würde es mir irgendwann schon von alleine erzählen.

Ich konnte mir vorstellen, warum sie wieder bei mir geschlafen hatte. Sicher dachte sie, dass ich durch ihre Anwesenheit ruhiger schlafen konnte, und so war es auch. Sie gab mir die Sicherheit, dass nichts passieren würde, wenn sie bei mir war.

Als wir in die Küche kamen, begrüßte sie uns wie immer mit einem Lächeln. Ich ließ mir nichts anmerken, und auch sie erwähnte nichts. Wir schauten uns nur in die Augen, und jeder von uns wusste auch ohne Worte, wie wichtig diese zweite gemeinsame Nacht für unsere Beziehung war.

Als wir mit dem Frühstück fertig waren, fragte ich Andy gut gelaunt, was wir heute machen wollten. Bekümmert schaute er mich an.

»Ich bin heute den ganzen Tag mit Vater unterwegs und erst abends wieder zurück.« Ich nickte enttäuscht.

Nach dem Frühstück ging ich mit hinaus und schaute zu, wie die beiden mit dem Auto losfuhren. Mutter gesellte sich zu mir und erklärte, dass sie heute alle Weiden abfuhren, um die Tiere zu kennzeichnen, die zum Verkauf standen. Diese Arbeit nahm bei so vielen Tieren viel Zeit in Anspruch.

Den gesamten Vormittag verbrachte ich auf der Veranda und langweilte mich zu Tode. Ich fragte Mutter sogar, ob ich ihr im Haushalt helfen könne. Sie nutzte solche Tage gerne, um Hausputz zu machen, da keiner da war, der sie dabei störte. Aber auch sie hatte nichts für mich zu tun und schmiss mich auf eine höfliche Weise aus dem Haus, indem sie mir sagte, dass die frische Luft bestimmt besser für mich sei. Also fuhr ich wieder nach draußen und beobachtete die Tiere.

Ich sah Amigo entspannt grasen, wusste aber genau, dass es nicht möglich war, ihn zu besuchen, da ich Mutter ja versprochen hatte, diesem Vierbeiner nicht zu nahe zu kommen. Sie hatte mich ständig im Blick, und es wäre ihr sicher aufgefallen, wenn ich die Veranda verlassen hätte, um zu ihm zu fahren. In meinen Träumen sah ich, wie ich mit ihm über eine Wiese ritt, aber es war nun einmal nur eine Illusion und nicht die Wirklichkeit.

Nach dem gemeinsamen Mittagessen – es gab diesmal nur einen kleinen Snack, da wir abends, wenn die Männer wieder da waren, gemeinsam etwas essen wollten – teilte Mutter mir mit, dass sie sich ausnahmsweise mal für einige Stunden hinlegen wollte. Ich witterte meine Chance. Ich wünschte ihr einen guten Mittagsschlaf und versicherte ihr, dass mir bestimmt nicht langweilig würde. Ich fuhr in mein Zimmer und schlug die Tür so laut zu, dass sie hören musste, dass ich drinnen war. Ich wartete eine gewisse Zeit und öffnete dann ganz leise die Zimmertür wieder. Nichts war zu hören, und ich machte mich so geräuschlos, wie es mit dem Rollstuhl ging, auf in die Küche. Hier nahm ich mir einen Apfel aus der Schale und rollte zum Ausgang. Mutter lag auf dem Sofa am Kamin, und ich war mir sicher, dass sie tief und fest schlief. Lautlos öffnete ich die Tür. Max folgte mir, und ich konnte nur hoffen, dass er nicht vor lauter Freude über die Aussicht auf einen Spaziergang bellte. Aber er gab keinen Ton von sich.

Dumm und naiv, wie ich war, hatte ich nicht daran gedacht, dass man die Koppel und somit auch die Pferde von der Veranda aus sehen konnte, und so bekam ich nicht mit, dass Mutter mich sah, wie ich zur Weide fuhr.

Dort angekommen öffnete ich das Gatter und fuhr hinein. Amigo kam freudig wiehernd auf mich zu. Ich reichte ihm den Apfel, und er verschlang ihn, bevor er den Hals beugte und mich seinen Kopf streicheln ließ. Ich nahm all meinen Mut zusammen und fuhr um ihn herum. Er bewegte sich nicht und ließ sich umkreisen. Ich konnte ihn überall berühren und hatte das Gefühl, dass es ihm sogar gefiel. Max lag am Gatter im Gras und schaute uns zu.

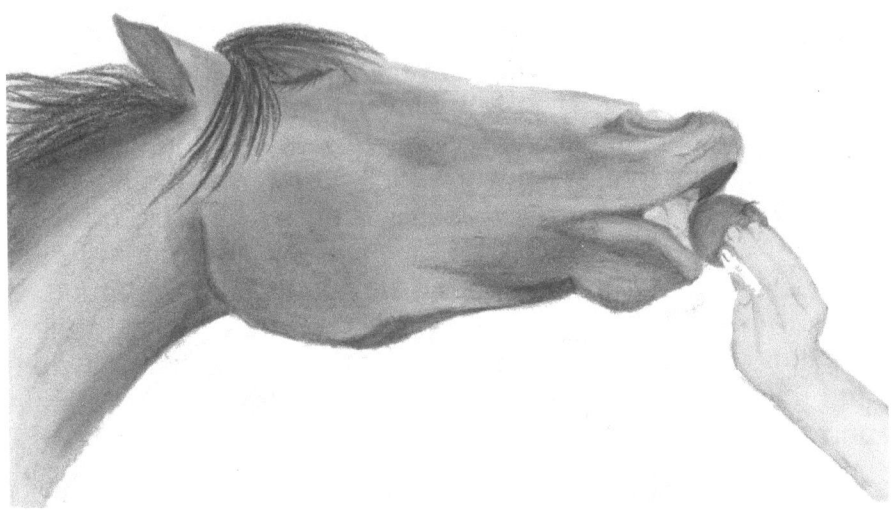

Hätte ich mich doch nur einmal umgeschaut! Dann hätte ich gesehen, dass Mutter auf der Veranda stand. Nachdem ich Amigo ausgiebig gestreichelt hatte, machte ich mich zügig auf den Rückweg; schließlich wollte ich unentdeckt bleiben. Wie sollte ich wissen, dass ich bereits aufgeflogen war!

Natürlich sah sie auch, dass ich mich auf den Rückweg machte. Sie hatte genug Zeit, zurück ins Haus zu gehen, sich auf das Sofa zu legen und so zu tun, als ob sie immer noch schlief.

Und so war es auch. Als ich wieder hinein kam, lag sie scheinbar friedlich schlafend da. Also fuhr ich zurück nach draußen und beobachtete die Pferde.

Eine gewisse Zeit verstrich, bis sie nach draußen kam. Sie fragte mich, ob ich mich nicht zu sehr gelangweilt hätte. Ich verneinte und setzte eine unschuldige Miene auf. Sie verhielt sich so perfekt, dass ich im Traum nicht auf den Gedanken gekommen wäre, dass sie über meinen Ausflug im Bilde war.

»Soso«, sagte sie. »Ich bereite dann mal das Essen vor«, und verschwand im Haus.

Kurze Zeit später konnte ich das Auto erkennen, mit dem die beiden am Morgen losgefahren waren. Ich winkte ihnen zu. Gut gelaunt kamen sie zu mir, aber ich konnte erkennen, dass der Tag sehr anstrengend für sie gewesen war. Vater ging direkt ins Haus und begrüßte seine Frau. Andy setzte sich zu mir. Er fragte mich, wie mein Tag verlaufen war, und voller Freude berichtete ich ihm von Amigo. Erst schaute er etwas ärgerlich, dass ich so leichtsinnig gewesen war, mich ihm allein zu nähern, aber dann änderte sich sein Gesichtsausdruck. Er grinste mich an und sagte, dass wir schon wieder einen Schritt näher an unser Ziel gekommen seien.

»Ich bin stolz auf dich«, sagte er. Das machte mich glücklich.

9

Wenn ich gewusst hätte, was mich gleich in der Küche erwartete, wäre mein Glücksgefühl wegen Andys Lob auf der Stelle zusammengeschmolzen.

Erst war alles wie immer. Wir nahmen gemeinsam am Tisch Platz, und Mutter fragte die Männer, wie ihr Tag gewesen war. Sie berichteten ihr, dass sie alle Rinder gekennzeichnet hätten, aber jetzt froh seien, wieder zu Hause zu sein. Dann erzählte sie, dass auch hier nichts Besonderes passiert sei, und ich atmete auf.

Doch auf einmal sagte sie, dass doch etwas vorgefallen sei, was sie sehr enttäuscht habe. Und wie ein Blitz aus heiterem Himmel wurde mir klar, dass sie meinen kleinen Ausflug beobachtet hatte. Noch war sie ruhig, doch ich merkte ihrer Stimme an, dass die Aufregung immer größer wurde. Und dann legte sie los. Ich bekam nur die Hälfte von dem mit, was sie sagte, aber mir wurde schnell klar, dass im Moment nicht mit ihr zu spaßen war. Sie steigerte sich immer mehr hinein, ihre Stimme wurde lauter, und so langsam bekam ich Angst. Vater versuchte, sie zu beruhigen, Andy sagte gar nichts mehr und wurde immer kleiner auf seinem Stuhl, und auch ich hätte am liebsten die Flucht ergriffen.

Mutter baute sich vor mir auf und wollte von mir wissen, was ich mir dabei gedacht hätte. Als ich ihr sagte, dass sie sich keine Sorgen um mich machen müsse und dass ich alles unter Kontrolle hätte, brachte ich das Fass zum Überlaufen. Sie schrie mich an und gab mir zu verstehen, dass sie das gar nicht so sähe. Ich versuchte, ihr alles zu erklären, und dann gab ein Wort das andere. Ich kann euch gar nicht sagen, was ich ihr in dieser Hektik alles an den Kopf geworfen habe. Plötzlich sah ich nur noch eine schnelle Handbewegung, und schon klatschte ihre Hand auf meine Wange.

Als mir bewusst wurde, dass sie mich geschlagen hatte, schaute ich sie entsetzt an. Auch die Männer schauten Mutter verwundert an, sagten aber nichts. Im nächsten Augenblick machte ich mich fluchtartig auf den Weg in mein Zimmer. Ich hörte noch laute Stimmen, konnte aber nicht zuordnen, von wem sie kamen. Ich knallte die Zimmertür zu und wollte keinen meiner Familie mehr sehen.

Ich legte mich ins Bett, ohne mich umzuziehen, und erst jetzt wurde mir richtig klar, was gerade in der Küche geschehen war. Sie hatte mich geschlagen. Sie hatte mich einfach so geschlagen. Ich bekam nicht in meinen Kopf, warum. So schlimm war es nun auch nicht, dass ich Amigo besucht hatte! Gut, ich hatte ein Versprechen gebrochen, aber das war noch lange kein Grund, jemanden zu schlagen. Ich konnte mich wieder genau an die Schläge meiner Heimmitbewohner erinnern, und alles, was ich von meinen Erlebnissen aus dieser Zeit verdrängt hatte, kam wieder hoch.

Ich fing an zu weinen und drückte mein Gesicht ins Kopfkissen. Zeigt sie nun ihr wahres Gesicht?, schoss es mir durch den Kopf. Hatte sie mir die ganze Zeit nur die liebevolle Mutter vorgespielt? Bewies sie nun endlich, wie sie wirklich war? Dass sie nur aus Sorge so gehandelt haben könnte, wollte nicht erkennen. Ich ärgerte mich darüber, dass ich meine Mauer um mich herum so weit abgebaut hatte, dass mich diese Ohrfeige so aus der Bahn warf. Und ich rede nicht von dem körperlichen Schmerz, sondern von dem, den ich tief in meinem Herzen spürte. Früher hätte ich es einfach hingenommen, aber nun musste ich feststellen, dass ich wieder verletzlich war.

Max schmiegte sich an mich. Er lag halb über meinem Oberkörper, als wollte er mich mit seinem eigenen Körper beschützen. Er merkte sofort, dass es mir nicht gut ging, und wich mir nicht mehr von der Seite. Genau so, wie er es auch immer im Heim getan hatte. Die Tränen in meinen Augen liefen über, tropften auf die Bettdecke, unter die ich gekrochen war. Auch Max´ Kopf war schon ganz nass. Ich konnte nicht mehr klar denken und weinte und weinte.

Irgendwann hörte ich, wie es an der Tür klopfte. Ich reagierte nicht. Mutter betrat den Raum, ohne dass ich ›Herein‹ gesagt hatte. Sie hatte wieder ihren Bademantel an, als ob sie sich schon zum Schlafengehen fertiggemacht hätte. Max spürte meine Anspannung, als ich sie sah, denn er fing an zu knurren. Es war das erste Mal, dass er dies bei ihr tat.

»Ich möchte mit dir reden«, sagte sie in ruhigem Ton.

Ich hielt Max das Maul zu, und er hörte sofort auf, blieb aber erst einmal bei mir liegen. Als Mutter sich zu mir auf die Bettkante setzte, sprang er herunter und lief zur Tür, wo Vater und Andy wortlos standen. So wie es aussah, wurde es ihm mit uns zweien im Bett wieder zu eng, und sein Gefühl sagte ihm wohl, dass sie mir nichts antun würde.

Sie nahm meine Hand und schaute mich an. Ich erwiderte ihren Blick nicht, schaute nur an die Wand. Da ergriff sie auch meine andere Hand und umschloss sie mit ihrer; und schon wieder durchströmte mich diese Wärme, die von ihr ausging. Ich versuchte, dieses Gefühl zu unterdrücken, aber es gelang mir nicht.

Langsam hob ich meinen Kopf und schaute in ihre Augen. Ich konnte erkennen, dass auch sie geweint hatte. Als sie anfing zu sprechen, war ihre Stimme ruhig wie immer, diese liebevolle und freundliche Stimme, die ich von ihr kannte. Sie ließ meine Hände los, nahm mich in den Arm, obwohl ich immer noch auf dem Rücken lag, und es wurde mir wieder warm ums Herz, als ihre Arme meinen Körper umschlossen. Wieder versuchte ich, mich gegen dieses Gefühl zu wehren, wieder ohne Erfolg.

Schließlich löste sie die Umarmung und schloss meine Hände erneut in ihre. Vater und Andy standen nach wie vor reglos an der Tür und sagten kein Wort.

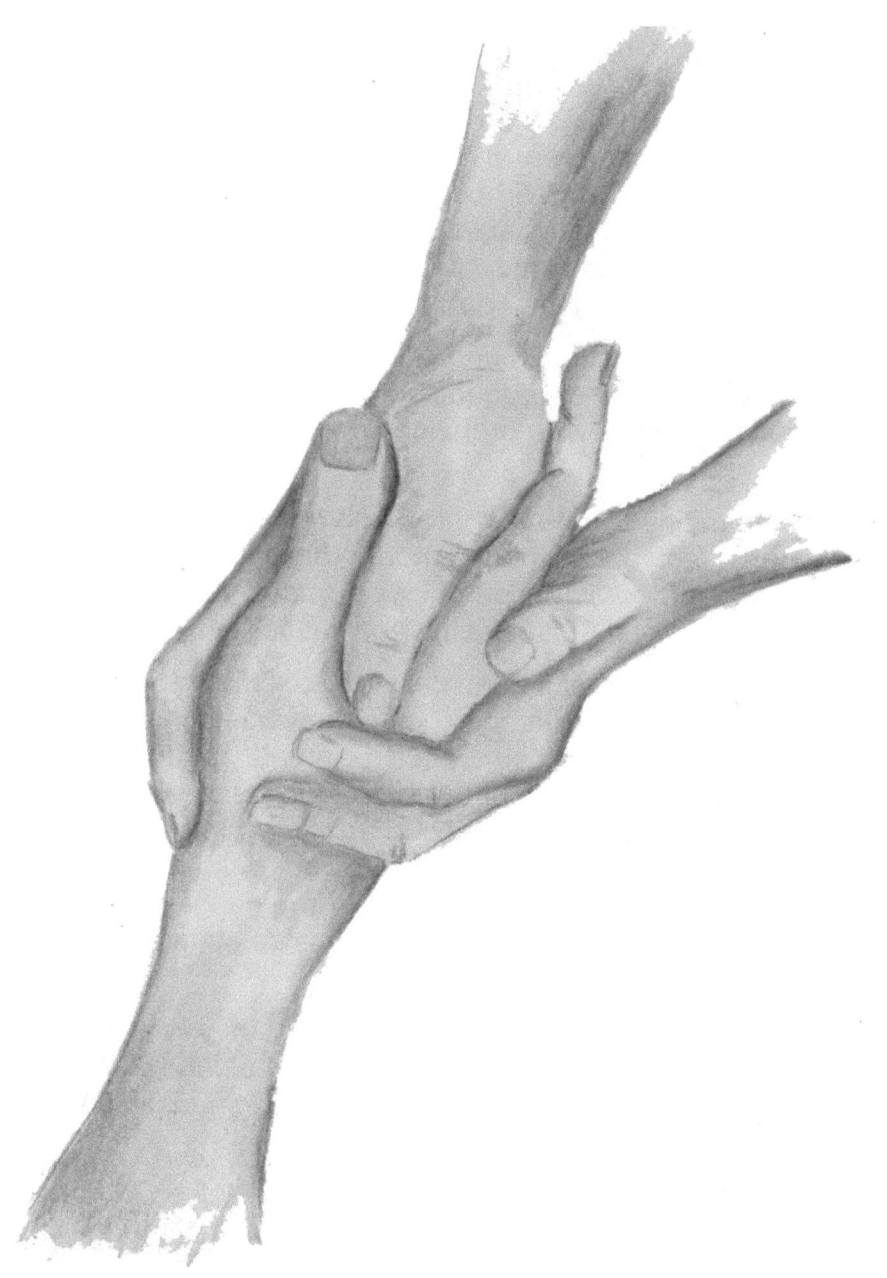

Sie fing an zu reden und entschuldigte sich, dass sie mich geschlagen hatte. An ihrer Stimme konnte ich erkennen, dass sie es ehrlich meinte. Sie erklärte mir, dass sie Angst gehabt habe, mich zu verlieren. Sie habe sich sehr darüber geärgert, dass ich mein Wort gebrochen und mich trotz ihres Verbotes Amigo genähert hatte, aber das Schlimmste für sie sei die Angst gewesen, dass mir etwas passieren könnte. Und ohne dass sie es wollte, sei ihr dann die Hand ausgerutscht.

Ich hörte tiefe Besorgnis und Angst in ihrer Stimme, und mein Hass auf sie war wie weggeblasen. Schließlich hatte sie schon einmal eine Tochter verloren. Ich konnte ihr einfach nicht mehr böse sein.

Ich löste meine Hände aus ihren und umarmte sie. Ich drückte sie ganz fest an mich und hörte, dass ihr Weinen immer heftiger wurde. Ich spürte, wie auch ihre Arme mich umschlossen und fühlte mich sofort wieder geborgen.

Einige Zeit saßen wir so umschlungen auf meinem Bett, bis sie mich fragte, ob ich ihr die Ohrfeige verzeihen könnte. Sie machte den Vorschlag, noch einmal ganz von vorne anzufangen, und ich konnte nur schluchzend ein leises ›Ja‹ von mir geben. Sie löste die Umarmung, umfasste mit ihren Händen mein Gesicht und drehte es so, dass ich ihr direkt in die Augen schauen musste. Als ich in ihre gütige Miene blickte, musste ich lächeln. Sie sah es und wusste genau, dass ich ihr vergeben hatte.

Als ich zur Tür schaute, waren Vater und Andy verschwunden, auch Max war nicht mehr zu sehen. Anscheinend war es ihnen zu langweilig geworden, uns nur so eng umschlungen zu sehen.

Sie fragte mich, ob sie diese Nacht bei mir bleiben dürfte. Mein Herz machte einen Luftsprung, denn ich wünschte mir nichts mehr, als sie in diesem Moment bei mir zu haben. Ich selber hätte nie den Mut gehabt, sie danach zu fragen, aber da sie sich von alleine angeboten hatte, nahm ich dankend an.

Sie legte sich wie beim ersten Mal eng an mich und umschloss mich mit ihren Armen. Sie gab mir einen Kuss auf die Wange und flüsterte mir ins Ohr, dass es nie wieder so weit kommen dürfe. Ich nickte. In ihren Armen liegend schlief ich schnell ein und spürte wieder diese Geborgenheit und Liebe, die von ihr ausging.

Als ich am nächsten Morgen wach wurde, lag sie schlafend neben mir und hatte immer noch ihre Arme um mich geschlungen. Vorsichtig, ohne sie zu wecken, versuchte ich, mich aus ihrer Umarmung zu befreien, aber das war gar nicht so leicht. Ich konnte mich zwar etwas aufrichten, aber ihre Arme umschlossen meinen Körper so fest, dass ich diese nicht lösen konnte. Behutsam streichelte ich ihr übers Gesicht. Sie öffnete die Augen und schaute mich an.

Noch bevor sie etwas sagen konnte, ging die Tür auf und Andy balancierte ein Tablett mit den leckersten Sachen durchs Zimmer. »Frühstück!«, rief er gut gelaunt und brachte es uns ans Bett.

Es war gar nicht so einfach, zu zweit im Bett zu frühstücken: Immer wieder fiel etwas herunter. Aber das schadete unserer guten Stimmung nicht. Als wir fertig waren, stand Mutter auf und räumte alles auf den Tisch. Danach setzte sie sich wieder zu mir und schaute mich ernst an. Wieder nahm sie meine Hände in ihre.

»Du musst mir versprechen, dass es zwischen uns nie wieder so weit kommt«, sagte sie.

Sie hatte schon wieder Tränen in den Augen. Ich streichelte ihr über das Gesicht und versuchte dabei, diese wegzuwischen. Ich nickte und versprach, von nun an ehrlich zu ihr zu sein und sie nicht mehr anzulügen, egal was auch passierte.

Zwar wusste ich immer noch nicht, wie ich ihr beibringen sollte, dass ich weiterhin mit Amigo trainieren wollte, war mir aber sicher, dass ich einen Weg finden würde.

10

An dem Tag, an dem der Mann das Geld für die Rinder vorbeibringen wollte, musste Andy wieder in die Stadt. Ich bat Mutter um die Erlaubnis, ihn begleiten zu dürfen, und sie willigte ein. Gespannt darauf, was uns dort erwartete, machte ich mich mit ihm und Max auf den Weg.

In der Stadt angekommen, half er mir in den Rollstuhl und sagte mir, dass er nur kurz weg müsse, und ich hier beim Auto warten solle. Aber mit der Zeit wurde mir langweilig, und ich machte mich auf eigene Faust auf den Weg. Schließlich war Max bei mir, und ich war mir sicher, dass mir nichts passieren konnte.

Ich fuhr in eine Seitenstraße. An einer Ecke standen drei junge Männer. So wie es aussah, waren zwei von ihnen betrunken. Ohne mich daran zu stören, rollte ich vorbei und grüßte freundlich.

Auf einmal griff einer dieser Kerle nach mir und hielt mich fest. Er beschimpfte mich und versuchte, mich aus meinem Rollstuhl zu schubsen. Max bellte laut und knurrte. Er versuchte, den Mann ins Bein zu beißen, doch der konnte ihn abschütteln. Der Zweite griff in das Geschehen ein und hatte, angestachelt von dem anderen, richtig Spaß daran. Der Dritte versuchte, die anderen davon abzuhalten, auf mich einzuschlagen, doch die beiden waren stärker und ließen sich nicht davon abbringen, mich in meinem Rolli hin und her zu stoßen.

Ich konnte nur noch sehen, wie der Dritte vom Ort des Geschehens weglief. Was für ein Feigling, dachte ich mir. Dann bekam ich nicht mehr sehr viel von dem mit, was um mich herum geschah. Sie schlugen mir ins Gesicht und hatten anscheinend noch richtig Spaß dabei. Max versuchte zwar nach wie vor, nach den beiden zu schnappen, konnte aber gegen zwei Leute nichts ausrichten. Und anscheinend spürten sie in ihrem Alkoholrausch sowieso nichts von den Bissen, die er ihnen zufügte. Immer wieder schlugen sie mir ins Gesicht und lachten. Ich will sie nicht in Schutz nehmen, aber so, wie es aussah, merkten sie gar nicht mehr, was sie da taten.

Aus dem Augenwinkel konnte ich sehen, wie drei Leute auf uns zuliefen. Einer von ihnen war Andy, der Zweite war der junge Mann, der weggelaufen war, und den Dritten kannte ich nicht. Ich konnte nur erkennen, dass es ein älterer Herr war.

Es dauerte lange, bis meine drei Retter die anderen zwei gegen eine Hauswand drücken und so von mir fernhalten konnten. Dann sah ich, wie die zwei Schläger durch den Druck, den die anderen auf sie ausübten, zusammenbrachen. Sie waren mit ihren Kräften am Ende und sackten einfach in sich zusammen. Es war ein Wunder, dass ich immer noch in meinem Rollstuhl saß und sie es nicht geschafft hatten, mich herauszustoßen. Was hätten sie wohl mit mir gemacht, wenn ich am Boden gelegen hätte? Aber das wollte ich mir gar nicht ausmalen.

Andy kam sofort zu mir gelaufen, und an seinem Gesichtsausdruck konnte ich erkennen, dass er sich große Sorgen um mich machte.

Ich sagte: »Ich bin okay«, auch wenn ich mir nicht so sicher war, ob das stimmte.

Ich bekam mit, wie der ältere Mann die anderen zwei wüst beschimpfte, und es wunderte mich, dass sie sich das gefallen ließen. Zu zweit wäre es ein Leichtes für sie gewesen, ihn umzustoßen, aber sie hockten nur in ihrer Ecke und bewegten sich nicht. Als ich sie da so sitzen sah, hatte ich sogar etwas Mitleid mit ihnen. Er kam auf mich zu und erkundigte sich nach meinem Befinden. Er stellte sich vor, und schnell wurde mir klar, dass es sich um den Herrn handelte, der unsere Rinder gekauft hatte. Wie sich herausstellte, waren die drei seine Söhne, und er schämte sich zutiefst dafür, was passiert war.

Andy schlug vor, mich erst einmal zum Arzt zu bringen, und der Rinderkäufer war der gleichen Meinung. Also brachten sie mich dorthin, und Herr Olsen, so hieß er, versuchte mit Hilfe seines nicht angetrunkenen Sohnes, die anderen beiden ins Auto zu verfrachten. Andy machte mit ihm einen Zeitpunkt aus, an dem sie sich noch einmal treffen wollten. Sie verabredeten sich in einem kleinen Restaurant an der Hauptstraße, und so ging jeder seiner Wege.

Der Doktor stellte fest, dass ich eine Rippenprellung, Blutergüsse am Arm und ein blaues Auge hatte.

»Wie soll ich das bloß Mutter erklären?«, jammerte Andy. Wenn sie dann noch erfahren würde, dass es die Söhne des Mannes waren, der unsere Tiere kaufen wollte, da war er sich sicher, würde sie ihm diese bestimmt nicht überlassen.

Ich bläute Andy ein, dass sie nichts davon wissen durfte, zumindest nicht sofort. Wir brauchten das Geld, das war klar, wussten aber nicht, wie wir ihr alles erklären sollten, ohne sie anlügen zu müssen.

Fast gleichzeitig trafen wir zum verabredeten Zeitpunkt in dem Restaurant ein. Immer wieder beteuerte Herr Olsen, wie leid es ihm tue, was passiert sei.

Und dann kam mir auf einmal die Idee, wie wir Mutter die Sache erklären konnten, ohne sie anlügen zu müssen. Ich erzählte Herrn Olsen, wie ernst die Lage sei, und dass wir es ohne seine Hilfe nicht schaffen könnten, sie zu überlisten. Als ich ihm erklärte, dass sie ihm die Rinder nie verkaufen würde, wenn sie wüsste, dass es seine Söhne gewesen waren, die mich so zugerichtet hatten, versprach er, uns zu helfen.

Unser Plan sah so aus, dass Andy und ich ganz normal nach Hause fuhren und Herr Olsen uns folgte. Es musste so aussehen, als ob wir zufällig zur gleichen Zeit ankamen. So hatte Mutter wegen des bevorstehenden Geschäftes keine Zeit, uns auszufragen. Sollte sie doch fragen, wollten wir ihr sagen, dass ich mit dem Rollstuhl gestürzt war und wir ihr nach Vertragsabschluss alles genau erklären würden. Da sie immer höflich zu anderen war, waren Andy und ich uns sicher, dass sie sich erst einmal um ihren Gast kümmern würde und uns deshalb nicht so genau beachtete. Schließlich wusste auch sie, wie wichtig dieser Vertragsabschluss für die Familie war. Ich war mir zwar nicht so ganz im Klaren darüber, ob alles so reibungslos über die Bühne gehen würde, aber es war auf jeden Fall einen Versuch wert.

Herr Olsen fand die Idee auch gut, vor allem, da er keine bessere zur Verfügung hatte, und versprach, unseren Plan genau einzuhalten. Er bedankte sich noch einmal bei mir und versprach mir, dass ich mich, wenn ich einmal seine Hilfe bräuchte, mich nur bei ihm melden müsse und er wäre sofort zur Stelle. So wie er es sagte, wusste ich, dass er es auch meinte. Ich fand sein Angebot großzügig und nickte ihm zu.

Dann schaute er mich mit großen Augen an und sprach mich auf das Kreuz an meiner Kette an. Ich erzählte ihm, dass dies das einzige Stück war, das ich von meiner leiblichen Mutter besaß. Er lief im Gesicht leicht rot an und fragte mich dann verlegen, ob ich mir vorstellen könnte, den Anhänger zu verkaufen. Ich schaute ihn verwundert an, und er erzählte mir, dass seine Frau genau so einen gehabt hatte. Leider hatte sie ihn in einem Urlaub verloren, und er versuchte schon seit Jahren, wieder an so ein Schmuckstück zu kommen, da seine Frau so daran hing.

Wie sich herausstellte, war dieser Anhänger von einem Künstler entworfen worden, der bereits verstorben war, und zwar in streng limitierter Auflage, sodass es schier unmöglich war, noch einen davon auf dem freien Markt zu finden.

Ich schaute ihn ungläubig an. Wollte er mir damit sagen, dass dieses Ding, welches ich um den Hals trug, wertvoll war? Ich lachte und sagte ihm, dass ich ihm das nicht glauben würde, aber er bestätigte es mir noch ein zweites Mal.

Andy schaute ihn vorwurfsvoll an, dass er mir überhaupt so ein Angebot gemacht hatte, obwohl ich doch gesagt hatte, dass es das letzte Andenken an meine leibliche Mutter war. Noch bevor Andy etwas sagen konnte, erklärte ich ihm, dass er mir nicht so wichtig sei. Herrn Olsen sagte ich, dass ich ihn zurzeit noch nicht hergeben wollte, aber mich als Erstes bei ihm melden würde, wenn es so weit sei. Er reichte mir die Hand und lächelte mich an.

Wir machten uns auf den Weg und fuhren gemeinsam zu uns nach Hause. Als wir die Auffahrt zur Farm erreichten, stand Mutter schon auf der Veranda. So wie es aussah, wartete sie bereits auf uns. Gleichzeitig stoppten wir die Autos. Herr Olsen stieg zuerst aus und winkte ihr zu. Er ging zu ihr, gab ihr die Hand und machte ihr Komplimente.

Er versicherte ihr, wie sehr er sich freue, sie wiederzusehen. Sie merkte natürlich nicht, dass er sie nur durch sein Gerede ablenken wollte. Höflich, wie sie war, bot sie ihm einen Stuhl an und setzte sich zu ihm.

Wir konnten erkennen, wie er die vorbereiteten Kaufpapiere aus seiner Tasche nahm und sie ihr reichte. Das war der Moment, auf den wir gewartet hatten. Sie war so mit dem Lesen beschäftigt, dass sie nicht sah, wie Andy mich schnell in meinen Rollstuhl setzte. Sofort schob er diesen an und fing an zu laufen. Wir winkten Mutter nur zu und sausten an ihr vorbei. »Bis später!«, rief ich, und schon waren wir in Richtung Scheune verschwunden. Max klebte uns an den Fersen.

Von dort aus konnten wir sehen, wie Herr Olsen aufstand. Er hatte die Dokumente in der Hand, und wir glaubten, dass mit dem Vertrag alles in Ordnung war und Mutter ihn unterschrieben hatte. Dann gab er ihr noch einmal die Hand und sagte etwas zu ihr, was wir natürlich auf diese Entfernung nicht verstehen konnten. Wir sahen nur, dass sie verwundert den Kopf schüttelte über das, was er ihr wohl gesagt hatte. Dann ging er zu seinem Auto und fuhr fort.

Wir schauten hoch zum Haus und hatten beide einen Kloß im Hals. Wir wussten genau, dass wir uns ihr nun stellen mussten, und hatten kein gutes Gefühl dabei. Als wir in Richtung Veranda fuhren, konnten wir sehen, dass sie dort nicht mehr war. Andy beeilte sich, zum Haus zu kommen. Er setzte sich an den Tisch, und den Rollstuhl stellten wir so, dass sie nicht sofort mein blaues Auge erkennen konnte. Max legte sich in die Ecke und machte sich so klein, als ob er sagen wollte: Ich bin gar nicht da.

Doch irgendwie hatte sie den Braten gerochen. Sie kannte es nicht von uns, dass wir sie so ignorierten, wenn wir nach Hause kamen, und das gab ihr dann offenbar doch zu denken. Sie kam aufgeregt rausgelaufen, und wir bemühten uns, so zu tun, als wenn nichts passiert sei. Sie kam direkt zu mir, und als sie mein Veilchen und die Blutergüsse auf meinem Arm sah, reagierte sie genau so, wie wir es uns ausgemalt hatten.

Man sah ihr an, dass sie sich immer mehr aufregte. Sie sagte zwar nichts, aber ich konnte es an ihren Augen und ihren zitternden Händen sehen. Doch bevor sie zu explodieren drohte, nahm ich all meinen Mut zusammen und erzählte ihr, was passiert war. Andy saß ganz still auf seinem Stuhl, und so wie er aussah, war er ganz froh darüber, dass ich das Wort ergriffen hatte.

»Wenn ich gewusst hätte, dass es seine Söhne waren, die dich so zugerichtet haben, hätte ich ihm kein Rind mehr verkauft!« Ihre Stimme bebte. Um sie etwas zu beruhigen, nahm ich ihre Hände in meine.

Dann ergriff Andy das Wort und sagte ihr, dass wir genau wussten, dass sie so reagieren würde, und ihr deshalb nicht sofort alles erzählt hätten. Wir sagten ihr auch, dass unser Plan nur aufgehen konnte, weil Herr Olsen mitgespielt hatte. Andy grinste Mutter frech an und fügte hinzu, dass dieser, wie man sehe, auch gut aufgegangen sei. Er erinnerte sie an die Schulden und dass es deshalb besonders wichtig war, dass der Verkauf wie immer zustande kam. Ich nickte ihm zu und unterstrich damit, dass ich genau seiner Meinung war.

Ich versuchte, sie damit zu beruhigen, dass es nur kleine Verletzungen wären, dass man in einigen Wochen nichts mehr davon sehen würde und dann alles vergessen sei. Es sei eben passiert; daran könne man nun auch nichts mehr ändern. Ich merkte an ihrer Hand, die immer noch in meiner lag, dass ihr Zittern weniger wurde.

»Nun weiß ich auch, warum Herr Olsen mir vor seiner Abfahrt gesagt hat, ich könne sehr stolz auf meine Kinder sein. Ich wusste erst gar nicht, was er damit meinte, aber nun verstehe ich es. Ihr habt erst an die Familie gedacht und nicht an euch selber. Ich kann ihm nur beipflichten. So etwas macht eine Mutter schon glücklich, wenn sie miterleben darf, dass sich ihre Kinder so für die eigene Familie einsetzen«, sagte sie stolz.

Sie erkundigte sich nach meinen Verletzungen und schaute sie sich an. Andy zog die Salbe aus seiner Jackentasche, die ihm der Arzt gegeben hatte. Sofort nahm sie sie ihm ab und versorgte meine Blutergüsse. Ich verzog das Gesicht, es war nicht gerade angenehm, aber ich gab keinen Ton von mir. Hätte ich ihr gezeigt, dass ich starke Schmerzen hatte, hätte sie mich aus lauter Sorge die nächsten Tage nicht mehr aus den Augen gelassen – und das wollte ich verhindern.

11

Als Vater am Abend nach Hause kam, erzählte Mutter ihm sofort, was passiert war. Sie überschlug sich fast beim Reden, und man merkte, dass ihre Anspannung immer noch nicht verflogen war.

Dieser schaute uns an, und an seinem Blick konnten wir erkennen, dass auch er sehr stolz auf uns war. Er war nicht der Typ Mensch, der viele Worte machte, aber wenn man ihn kannte, konnte man an seinem Gesicht und seinen Gesten erkennen, was er einem sagen wollte.

Der Tag neigte sich dem Ende. Gemeinsam saßen wir abends noch am Kamin, um ihn in aller Ruhe ausklingen zu lassen. Andy fragte Mutter, ob sie wüsste, wann die Rinder abgeholt würden. Sie sagte ihm, dass er und Vater zwei Tage Zeit hätten, alle Tiere zusammenzutreiben, und der Käufer sie dann am dritten Tag abholen würde.

Als er das hörte, stand er auf und erledigte einige Telefonate. Ich schaute Andy fragend an und er erklärte mir, dass die Menschen der benachbarten Farmen stets mit anpackten. So wurde es schon immer gemacht: Jeder half jedem. Dann erklärte er mir noch, dass sie zu zweit keine Chance hätten, sie zusammen zu der nahegelegenen Weide am Hof zu bringen.

Als ich am nächsten Morgen in die Küche kam, waren unsere Männer schon fort. Sie hatten sich schon ganz früh auf den Weg gemacht.

Ich verzehrte in aller Ruhe mein Frühstück und wollte mir dann Gedanken machen, was ich den ganzen Tag über ohne Andy machen sollte. Mutter sah mir an, dass ich etwas auf dem Herzen hatte, und da sie ein sehr direkter Mensch war, sprach sie mich auch sofort darauf an.

Ich erzählte ihr, dass ich noch nicht so genau wüsste, was ich machen wollte, und ich mich sehr freuen würde, wenn sie erlauben würde, zur Weide zu fahren, um mir die Pferde anzuschauen. Ich sagte extra ›Pferde‹, damit sie nicht merkte, dass es mir eigentlich nur um Amigo ging.

Sie schaute mich an, und ich konnte erkennen, dass sie von dieser Idee überhaupt nicht begeistert war. Aber als ich den

Vorschlag machte, sie könne gerne mitkommen, willigte sie schließlich ein. In ihrer Gegenwart konnte ich Amigo zwar nicht streicheln, aber ich konnte ihn mir zumindest wieder einmal aus der Nähe ansehen.

Wir machten uns auf den Weg. Ich schwärmte ihr vor, wie gern ich Pferde hatte, in der Hoffnung, sie würde mir bestätigen, dass sie auch für sie wichtig waren. Das würde es um einiges leichter machen, sie darauf vorzubereiten, was Andy und ich mit Amigo vorhatten. Aber sie ging gar nicht darauf ein und tat so, als ob sie meine Worte überhaupt nicht gehört hätte.

Als wir an der Koppel ankamen, wieherte Amigo mir sofort zu. Ich bemühte mich, in Mutters Gegenwart keine Regung zu zeigen und schaute einfach nur auf seine Kollegen, die friedlich am Grasen waren.

Doch dann passierte doch etwas. Etwas, mit dem ich überhaupt nicht gerechnet hatte. Einer der Schimmel kam zu uns an den Zaun gelaufen. Ich erkannte sofort, dass es Mutters war. Er schaute sie mit seinen großen Augen an, und sie machte einen Schritt darauf zu und streckte ihre Hand nach ihm aus. Als seine Nüstern sie berührten, drehte sie sich wortlos um und lief zum Haus zurück.

Ich schaute ihr nach, warf noch einen kurzen Blick auf Amigo und fuhr dann ebenfalls wieder zurück. Ich parkte meinen Rollstuhl an dem Tisch auf der Veranda und wartete ab, ob sie wieder herauskam.

Während ich wartete, streichelte ich Max sehr ausgiebig. Da in den letzten Tagen so viel passiert war, hatte ich ihn ein wenig vernachlässigt, und das wollte ich nun mit einer sehr langen und intensiven Schmuseeinheit wiedergutmachen. Und er genoss es in vollen Zügen.

Irgendwann kam sie dann doch wieder raus. Sie stellte zwei Gläser Limonade auf den Tisch und setzte sich zu mir. »Ist alles in Ordnung?«, fragte ich sie.

Sie sagte nur: »Alles bestens.«

Aber so, wie sie es sagte, wusste ich genau, dass sie schwindelte. Mir war klar, dass ihr die Begegnung mit ihrem Tier sehr nahegegangen war. Ich wusste durch Andy, dass sie, bevor der Reitunfall der Tochter passierte, eine richtige Pferdenärrin gewesen war und jede freie Minute bei ihrem Tier verbracht hatte. Zwar hatte sie sich vorgenommen, es aus ihrem Leben zu streichen, aber ich war mir sicher, dass sie tief in ihrem Inneren noch an ihm hing. Diese ungewollte Berührung hatte sie bestimmt schmerzlich daran erinnert, wie schön es früher mit ihm gewesen war.

Auch wenn sie immer wieder gesagt hatte, sie brauche den Umgang mit ihrem vierbeinigen Liebling nicht, wusste ich doch genau, dass das nicht stimmte. Sie hatte noch sehr starke Gefühle für ihr Pferd, und ich war mir sicher, dass ihr das in diesem Moment wieder bewusst geworden war.

Ich trank aus und wollte wissen, ob es für sie ein Problem wäre, wenn ich noch einmal eine Runde drehen würde. Sie fragte mich, wo ich hinwollte, aber ich gab ihre keine genauen Angaben. Ich wusste zwar, wohin ich fahren wollte, aber dorthin wollte ich alleine. Sie erlaubte es, und schon machte ich mich auf den Weg.

Mir war klar, dass sie beobachtete, wohin ich fuhr, und so steuerte ich erst einmal die Scheune an. Ein Ort, von dem ich wusste, dass er ihr keinen Anlass zur Sorge gab. Als ich die Hälfte des Weges zurückgelegt hatte, drehte ich mich noch einmal um und winkte ihr zu, und sie winkte zurück.

Dort angekommen hielt ich an und stellte mich so, dass ich die Veranda noch im Blick hatte, sie mich aber nicht mehr. Nach wenigen Minuten ging sie zurück ins Haus. Ich wartete noch etwas und machte mich dann auf den Weg. Weil ich mir diesen wunderbaren Platz von neulich so gut eingeprägt hatte, fand ich ihn sofort, ohne mich zu verfahren.

Nun konnte ich zum ersten Mal den Ausblick auf das Tal im Hellen genießen. Und es war genau so, wie ich es mir vorgestellt hatte. Bei Tageslicht sah alles noch überwältigender aus als in der Dämmerung.

Lange saß ich einfach nur da und schaute in die Gegend. Ich lauschte, aber nicht einmal ein Vogel war zu hören. Ich merkte, wie ich immer entspannter wurde. Diese absolute Ruhe tat mir richtig gut.

Doch dann fing es in meinem Kopf an zu arbeiten. Andy und ich wussten immer noch nicht, wie wir unseren Eltern sagen sollten, dass ich Amigo reiten wollte. Langsam wurde es Zeit, dass wir unser Training mit ihm fortsetzten, aber es gab keine Möglichkeit, es heimlich zu tun. Die Gefahr, dabei erwischt zu werden, war einfach zu groß.

Ich grübelte und grübelte. Dann kam mir die Idee, dass ich erst einmal versuchen musste, Vater auf unsere Seite zu ziehen. Ich musste es nur schaffen, ihn einmal alleine zu sprechen, und dann – da war ich mir sicher – würde ich ihm beweisen können, dass Amigo nicht aggressiv und gefährlich war. Wenn er mit seinen eigenen Augen gesehen hätte, dass ich mich ihm ohne Gefahr nähern konnte, würde er uns sicher den Umgang mit ihm erlauben. Und wenn er schon einmal ja gesagt hatte, konnten wir Mutter bestimmt auch überzeugen. Damit saß ich zwar immer noch nicht auf seinem Rücken, aber wir könnten wenigstens etwas mehr Zeit mit ihm verbringen.

12

Am Abend wollte ich Andy in meinen Plan einweihen, denn er sollte Mutter ablenken, damit ich die Möglichkeit hatte, mit Vater alleine zu sprechen. Vielleicht ergab sich ja schon heute die Möglichkeit dazu. Ich starrte noch eine gewisse Zeit auf die gegenüberliegenden Berge und machte mich dann zurück auf den Weg nach Hause.

Als ich das Haus sah, konnte ich erkennen, dass Andy draußen saß. Ich beeilte mich, zu ihm zu kommen. Ich fragte ihn, warum er schon wieder da sei. Er antwortete, dass der Viehtrieb diesmal ohne Probleme über die Bühne gegangen sei und auch viel mehr Helfer als sonst dabei gewesen wären; so hatten sie schon über die Hälfte der Rinder zusammengetrieben. Ich fragte ihn, wo die Tiere jetzt waren, und er erklärte mir, dass sie sie auf eine große Weide nicht weit von der Farm gebracht hatten, die man aber von hier aus nicht sehen konnte. Sie lag so, dass die Transporter direkt an den Zaun fahren konnten.

Als ich ihn so anschaute, merkte ich, wie müde er war. Beiläufig fragte er mich nach meinem Tag, und meine Worte sprudelten nur so aus mir heraus. Als Erstes erzählte ich ihm von Mutters Begegnung mit ihrem Pferd. Er machte große Augen und konnte kaum glauben, was er da hörte.

»Ich habe immer gewusst, dass ihr ihr Schimmel nicht gleichgültig ist«, sagte er. »Ich habe oft in der vergangenen Zeit versucht, sie davon zu überzeugen, sich wieder auf ihr Pferd zu setzen, aber sie hatte zu große Angst davor.«

Dann erzählte ich ihm von meinem Plan, erst Vater in der ›Angelegenheit Amigo‹ zu überzeugen. Er fand diese Idee gut und wollte sie so schnell es ging in die Tat umsetzen. Und man kann es kaum glauben: Die Möglichkeit dazu bot sich noch am selben Tag.

Vater kam alleine heraus auf die Veranda. Er setzte sich zu uns. Ich zwinkerte Andy zu, und er machte sich direkt auf den Weg ins Haus, um dafür zu sorgen, dass Mutter drinnen blieb. Dann erzählte ich Vater freudig, dass ich ihm etwas ganz Besonderes zeigen wollte. Ich redete so lange auf ihn ein, bis er aufstand und mir folgte.

Er wunderte sich sehr, dass ich mit ihm zur Weide fuhr. Ohne auf ihn zu achten, öffnete ich das Gatter. Als Amigo wiehernd auf mich zukam, kam er aus dem Staunen nicht mehr heraus.

»Das gibt es ja gar nicht!«, rief er.

Und als ich ihn dann auch noch streicheln konnte, ohne dass etwas passierte, wusste er gar nicht mehr, was er sagen sollte. Er stand nur da und machte große Augen.

»Was sagst du dazu?«, wollte ich von ihm wissen, aber er schaute mich immer noch erstaunt an. Dann erklärte ich ihm, dass es mich sehr glücklich machen würde, wenn ich mehr Zeit mit Amigo verbringen könnte.

»Und wie du selber sehen kannst, besteht auch keine Gefahr dabei«, meinte ich mit Nachdruck. Noch bevor er etwas erwidern konnte, versprach ich ihm, dass ich mich nur in Andys Gegenwart dem Pferd nähern würde. Ich bettelte und bettelte – und schließlich gab er nach. Nie hätte ich gedacht, dass ich ihn so schnell überzeugen könnte.

Er schaute mich an und sagte: »Was ist denn sonst noch?« Offenbar konnte er an meinem Gesichtsausdruck ablesen, dass das noch nicht alles war, was ich von ihm wollte. »Nun sag schon«, drängte er.

Und ich erklärte ihm, dass irgendjemand es noch Mutter beibringen musste. Ich schaute ihm fest in die Augen und gab ihm damit zu verstehen, dass er der Auserwählte war.

»Danke«, sagte er grinsend.

Ich hatte das Gefühl, dass er auch nicht so genau wusste, wie er es ihr schonend beibringen sollte. Ich schaute ihn an, und er legte seine Hand auf meine Schulter. »Das kriegen wir schon hin«, meinte er, und wir machten uns auf den Rückweg zum Haus.

Andy und Mutter saßen am Küchentisch und diskutierten angeregt. Ich wusste zwar nicht, worum es ging, war mir aber sicher, dass das alles zu seinem Ablenkungsmanöver gehörte.

Mit einem freundlichen ›Da sind wir wieder‹ gesellten wir uns zu ihnen. Aber dieses ›Da sind wir wieder‹ schien etwas seltsam zu klingen, denn Mutter fragte sofort: »Was ist denn passiert?« Sie hatte ein unheimliches Gespür dafür, wenn irgendetwas im Busch war.

»Nichts, nichts«, stotterte Vater und wich ihrem Blick aus.

Doch dieses Gestammel machte sie nur noch neugieriger. »Nun sag schon«, bestand sie auf einer Antwort, »so schlimm kann es doch nicht sein.«

Das glaubst auch nur du, dachte ich und gesellte mich wortlos zu Andy.

Er ging auf seine Frau zu und nahm sie in den Arm. »Schatz«, sagte er, »du darfst dich jetzt nicht aufregen, das musst du mir versprechen.«

Verwundert schaute sie ihn an. »Nun gut, ich verspreche es«, sagte sie nach einer Weile.

»Ich denke, wir setzen uns erst einmal«, schlug er vor.

Ich merkte sofort, dass er nur Zeit schinden wollte. Sie kamen zu uns herüber und setzten sich.

»Wenn du mir jetzt nicht endlich erzählst, was los ist, werde ich richtig sauer«, erwiderte sie, und an ihren Augen, die sich langsam zu Schlitzen formten, konnte ich erkennen, dass es ihr ernst war.

Er schaute ihr nicht direkt in die Augen, als er dann anfing zu sprechen. »Ich habe den Kindern erlaubt, dass sie sich von nun an mit Amigo beschäftigen dürfen.«

Er schaute kurz auf und wartete auf eine Reaktion von ihr. Sie machte den Mund auf, doch bevor sie etwas sagen konnte, fuhr er schnell fort: »Du kannst dich persönlich davon überzeugen, dass von dem Pferd keine Gefahr ausgeht. Komm. Gib dir einen Ruck. Schließlich haben die Kinder eine Chance verdient zu beweisen, dass sich alle in Amigo getäuscht haben.«

Sie schaute ihn ungläubig an. »Bist du dir sicher?«, fragte sie, und zum ersten Mal während dieses Gespräches schaute er ihr direkt in die Augen und nickte.

Sie überlegte. Und da von ihr kein Einwand kam, wusste ich, dass wir es geschafft hatten.

Ich sah, wie Andy unter dem Tisch eine Faust formte, und auch ich konnte meine Freude kaum verbergen. Doch als sie dann den Mund aufmachte, wusste ich, dass bestimmt noch eine Bedingung folgte.

Und so war es auch. Hastig sagte sie: »Okay, ich erlaube es, aber wenn ihr dadurch eure Pflichten vergesst, die ihr hier habt, verbiete ich es sofort wieder. Und ihr arbeitet auch nur zu zweit mit diesem Tier. Das ist die Bedingung. Ich muss mich darauf verlassen können, das müsst ihr mir versprechen.«

Andy versprach es hoch und heilig, und als sie dann mich ansah, um auch von mir dieses Ehrenwort einzufordern, nahm ich sie einfach nur wortlos in den Arm.

»Das war wohl ein Ja«, sagte Vater, und man merkte, wie glücklich er darüber war, dass diese Unterhaltung so ruhig verlaufen war. Mutter konnte sehr temperamentvoll und explosiv sein, und man wusste deshalb nie so genau, wie sie reagierte.

Wir schauten uns überglücklich an, und ohne Worte wussten wir, was wir als Nächstes tun würden. Andy stand auf, ich fuhr zu der Obstschüssel und griff mir einen Apfel. Als wir die Küche verließen, hörte ich, wie Vater belustigt sagte: »Der Apfelkonsum wird in diesem Haus sicher rapide ansteigen!«

Wir machten uns auf den Weg zur Koppel und grinsten um die Wette, so glücklich waren wir. Als wir dort ankamen, öffnete ich das Gatter und fuhr hinein. Amigo kam wiehernd angelaufen. Ich reichte ihm den Apfel, und als er ihn aufgefressen hatte, nahm ich seinen Kopf, hielt ihn ganz fest und drückte ihn an mich. Andy sagte, dass wir nun einen Plan machen müssten, wie wir vorgehen wollten. Wir durften ihn nicht überfordern, mussten unsere andere Arbeit mit einplanen und durften auch das Familienleben nicht vernachlässigen. »Also, an die Arbeit!«, sagte er unternehmungslustig.

Ich verabschiedete mich von Amigo, und wir machten uns wieder zurück auf den Weg ins Haus. Unterwegs fragte Andy mich, ob das nicht eine gute Gelegenheit gewesen wäre, endlich das Wort ›Mama‹ auszusprechen. Als ich das hörte, tat ich einfach so, als ob ich seine Frage nicht gehört hätte.

13

Wir setzten uns auf der Veranda an den Tisch, holten Papier und Stifte und begannen, unseren Plan zu entwerfen. Es stellte sich als gar nicht so leicht heraus, alles unter einen Hut zu bringen. Andy hatte sehr viele Aufgaben auf der Farm, und natürlich wollten wir Mutter nicht damit verärgern, dass er seine Arbeit nicht erledigte. Wir waren so froh darüber, dass sie uns ihr Ja für die ›Operation Amigo‹ gegeben hatte, und wollten deshalb keinen Fehler machen.

Nach längerem Hin und Her stand unser Konzept. Ungeduldig fragte ich Andy, wann es denn endlich losginge. Er sah meine Aufregung und sagte mir, dass erst einmal alle Rinder zusammengetrieben werden müssten, dann müsste er noch beim Verladen der Tiere helfen, aber dann könnten wir loslegen.

»Erst in zwei Tagen?«, fragte ich enttäuscht, aber er meinte, dass es jetzt darauf auch nicht mehr ankäme. Er könne zwar verstehen, dass ich am liebsten sofort loslegen würde, aber ich müsste mich in diesem Fall eben gedulden.

»Gut«, sagte ich, aber ich hörte selbst, wie wenig überzeugend das klang.

Und schon war wieder Abend, und das Abendessen rief. Diesmal nahmen wir es auf der Veranda ein. Nach dem Essen verabschiedeten sich Andy und Vater sofort und gingen zu Bett, da der bevorstehende Tag sicher wieder sehr anstrengend sein würde.

Ich hatte keine Lust, den Abend allein mit Mutter zu verbringen, weil ich Angst hatte, dass sie mich darauf ansprach, warum ich mit meinem Anliegen erst zu Vater und nicht direkt zu ihr gekommen war. Ich hatte die Befürchtung, sie zu verletzen, wenn ich ihr sagen würde, dass ich mit ihrem Verbot gerechnet hatte. Und da unser Verhältnis immer besser wurde, wollte ich nichts riskieren, was es hätte gefährden können.

Als sie mich fragte, ob wir noch etwas zusammen machen wollten, sagte ich, dass ich lieber noch einmal eine Runde mit meinem Rollstuhl drehen würde. Sie brauche sich aber keine Sorgen zu machen, dass sie alleine war, denn Max würde bestimmt gerne bei ihr bleiben.

Und schon fuhr ich in Richtung Rampe. Max lief mir hinterher, aber ich scheuchte ihn zurück. Ungläubig schaute er mich an, denn er kannte es nicht, zurückgelassen zu werden. Aber er gehorchte, setzte sich neben Mutter und schaute mir traurig nach.

Auf dem schnellsten Weg machte ich mich zu dem Ort auf, wo man den wundervollen Sonnenuntergang sehen konnte. Er war inzwischen mein Lieblingsplatz geworden, zu dem ich gern fuhr, wenn ich einmal allein sein wollte. Hier konnte ich in aller Ruhe über alles nachdenken, und heute hatte ich genug, worüber es sich nachzudenken lohnte. Ich malte mir wieder aus, wie ich auf Amigo über eine Wiese ritt. Vielleicht ging dieser Traum demnächst ja in Erfüllung? Die Chancen dafür standen gar nicht mal so schlecht. Ich träumte noch ein bisschen vor mich hin, bis mir kalt wurde und ich mich wieder auf den Rückweg machte.

Als ich auf die Veranda fuhr, war Mutter nicht mehr da. Nur Max lag noch in einer Ecke und hatte anscheinend auf mich gewartet. Als ich die Rampe hochfuhr, rief ich seinen Namen, aber er reagierte nicht. Wahrscheinlich war er beleidigt, dass ich ihn nicht mitgenommen hatte.

Ich fuhr zu ihm hin und stupste ihn am Kopf an. »Hey, du brauchst nicht beleidigt zu sein! Das war heute nur eine Ausnahme, dass du nicht mitkommen durftest. Du bist doch der beste Freund, den ich habe.«

Als ich das sagte, hob er den Kopf, stellte die Ohren auf, wedelte und schaute mich an. Dann machte er einen Satz, sprang an mir hoch und leckte mir durchs Gesicht.

»Komm, wir gehen schlafen«, sagte ich zu ihm, und wir machten uns ganz leise auf den Weg in mein Zimmer, um niemanden zu wecken. Ich machte es mir auf meinem Bett bequem. Müde war ich überhaupt nicht. Noch zwei Tage, hämmerte es in meinem Kopf, dann geht es endlich los! Die Vorfreude ließ mich nicht zur Ruhe kommen. Max war bereits am Fußende eingeschlafen. Und irgendwann fielen dann auch mir die Augen zu.

Am nächsten Morgen war ich sehr früh wach. Ich war mir sicher, dass noch keiner meiner Familie munter war. Ich zog mich an und fuhr in die Küche. Dort griff ich mir zwei Äpfel und machte mich auf den Weg zur Scheune.

Die Pferde schauten mich schläfrig an, und so, wie sie dreinblickten, war mir klar, dass sie sonst nicht so früh Besuch bekamen. Einen Apfel teilte ich in drei Stücke und reichte sie dem Braunen und den zwei Schimmeln. Sie nahmen den Leckerbissen dankbar an. Warum sollte auch Amigo immer alles bekommen und sie nichts?

Dann fuhr ich zu ihm. So, wie er dastand, wusste ich, dass auch er auf seine Leckerei wartete. Ich reichte ihm den zweiten Apfel, und wie immer verspeiste er ihn genüsslich. Nun öffnete ich seine Box. Ich wollte sehen, wie er reagierte, wenn ich mit meinem Rollstuhl hineinfuhr. Da ich mir sicher war, dass nichts passierte, tat ich es einfach. Das Versprechen, dass ich mich ihm nur gemeinsam mit Andy nähern würde, war vergessen – wer sollte mich auch schon dabei sehen? Es war früh und alle schliefen noch. Also fuhr ich hinein und es war genau so, wie ich es vermutet hatte: Es machte ihm überhaupt nichts aus. Ich streichelte seinen Hals und spürte wieder, wie weich sein Fell war. Bevor ich seinen Stall verließ, kraulte ich noch einmal seinen Kopf. Nun aber zurück zum Haus! So langsam musste ja einer wach sein.

Schon von Weitem konnte ich sehen, dass im Haus Licht brannte. Ich fuhr in die Küche und fand Mutter vor, die das Frühstück zubereitete. Als ich sie freudig mit »Guten Morgen!« begrüßte, fuhr sie erschrocken herum.

»Was machst du denn schon so früh hier?«

Noch bevor ich ihr antworten konnte, sagte sie: »Warst wohl in der Scheune, konntest es nicht abwarten, die Pferde zu besuchen.« Aber dabei lächelte sie.

Die Herren der Familie kamen nun ebenfalls in die Küche, und auch sie wunderten sich, dass ich so früh auf war. Schnell nahmen sie ihr Frühstück ein, und noch bevor sie fertig waren, hupte es.

»Wir werden schon abgeholt«, sagte Andy. »Ich muss die Pferde noch auf die Weide bringen.« Schnell erhob er sich und rannte zur Scheune. Er ließ sie hinaus und spurtete dann zum Auto. Vater stand bereits beim Wagen und wartete auf ihn.

Fragend schaute ich Mutter an. Sie erklärte mir, dass ein Nachbar, der beim Viehtrieb mithalf, sie abholte. Ich fragte sie, wie so etwas ablief und warum sie nicht unsere Pferde dafür nahmen. Sie erklärte mir, dass ein Nachbar sehr viele Tiere besaß und dass er sie für solche Aktionen zur Verfügung stellte. Er vermietete sie quasi und verdiente sich so etwas Geld nebenher.

An meinem fragenden Gesicht las sie ab, dass ich gerne dabei gewesen wäre, um mir alles anzusehen.

»Was hältst du davon, wenn wir die Männer heute Mittag besuchen? Du kannst dir dann alles anschauen. Schließlich musst du doch für die Zukunft wissen, wie so etwas abläuft. Und ich bin mir ziemlich sicher, dass sie sich freuen, wenn wir ihnen etwas zur Stärkung vorbeibringen.«

»Das ist eine super Idee!«, sprudelte es aus mir heraus. Ich konnte es kaum erwarten, bis es so weit war.

»Du musst mir aber helfen, die Verpflegung zusammenzustellen. Schließlich sind dort noch viele andere, die helfen. So viele Rinder zusammenzutreiben, ist eine

Knochenarbeit, und bis jetzt hat sich noch nie einer über eine gute Beköstigung beschwert.«

»Und woher wissen wir, auf welcher Weide sie gerade sind?«, fragte ich.

»Ach, die liegen so eng beieinander, da ist es kein Problem, sie zu finden. Wir fahren die Weiden einfach ab. Bei dieser Gelegenheit kannst du dann auch mal sehen, wie viel Land zu unserer Farm gehört.«

»Womit fangen wir an?«, fragte ich sie euphorisch. Bis jetzt hatte ich mich immer, so gut es ging, vor der Küchenarbeit gedrückt, aber diesmal war es etwas anderes. Ich wollte, dass es etwas Besonderes wurde.

»Was schlägst du denn vor?«, fragte Mutter interessiert.

Ich zählte vieles auf, was ich selbst gerne aß und von dem ich mir vorstellen konnte, dass es auch etwas für hart arbeitende Männer war. Als ich mit meiner Aufzählung endlich fertig war, schaute Mutter mich verwundert an.

»Da haben wir aber bis Mittag noch viel zu tun. Am besten machen wir uns gleich an die Arbeit.«

Ich hätte nie gedacht, dass ich mich einmal so darauf freuen würde, Essen vorzubereiten.

Max lag in seiner Ecke in der Küche, und als Hektik aufkam, verließ er sie fluchtartig. Als wir sahen, wie er hinaus stürmte, mussten wir lachen. Zuerst backten wir einen Kuchen, damit er noch Zeit hatte, bis zum Mittag kalt zu werden, und da ich der Meinung war, dass ein Kuchen nicht reichte, schoben wir gleich noch einen zweiten in den Ofen.

Die Zeit verging wie im Flug, und als Mutter auf die Uhr schaute, stellte sie fest, dass wir nun aber los mussten. Wir packten alles in einen Korb. »Sollen wir auch noch ein paar Äpfel mitnehmen?«, fragte sie mich. Sie sah mir ins Gesicht und lachte. »Keine Angst, es sind noch genug für die Pferde da!«

Ich lachte auch.

Nun legten wir noch kalte Limonade in den Korb und machten uns auf den Weg zum Auto. Max lag auf der Veranda. »Na, willst du mitkommen?«, fragte ich ihn. Er stand auf und begleitete uns zum Wagen. Mutter half mir hinein, und schon ging die Fahrt los.

14

Während der Fahrt erzählte sie mir, wo die Nachbarn lebten, wer was für eine Farm hatte und welche Tiere züchtete. Interessiert hörte ich zu. Als wir an der ersten Weide ankamen, stellten wir fest, dass die markierten Rinder nicht mehr dort standen. Also machten wir uns zur nächsten auf.

Und da konnten wir auch schon die Männer auf ihren Pferden sehen. Mutter drückte kurz auf die Hupe. »Essen!«, rief sie laut, und man hörte: »Wird auch Zeit ...«

»Da haben aber welche Hunger«, sagte sie. Wir schauten zu, wie sie ihre Pferde an den Weidezaun anbanden und zu uns herüberkamen. Sie stieg aus und half mir in den Rollstuhl. Hier war es sehr viel schwerer für mich, mich damit fortzubewegen. Der Untergrund war sehr uneben und der Boden sehr weich. Auf einmal kam ein fremder Herr auf mich zu und schob mich zu den anderen hinüber. Als er einfach so meinen fahrbaren Untersatz packte, knurrte Max ihn an. Doch er ignorierte ihn und schob mich einfach weiter.

Als wir bei der Gruppe angekommen waren, stellte Andy mir jeden Einzelnen vor. Ich konnte mir zwar die ganzen Namen nicht merken, aber die Leute schienen alle sehr nett zu sein. Und sie hatten Hunger! Man konnte gar nicht so schnell zusehen, wie sie alles verputzten.

Auf einmal kam ein etwas älterer Mann, er hatte schon graues Haar, auf Mutter zu und nahm sie in den Arm. »Ben, du kannst froh sein, so ein tolles Weib zu haben«, sagte er, »und falls du sie nicht mehr haben willst, nehme ich sie gerne.«

»Von wegen!«, knurrte Vater, aber er lachte dabei. Alle lachten mit und machten sich dann wieder an die Arbeit.

»Bis heute Abend!«, rief ich Andy zu, bevor wir uns auf den Rückweg machten.

Mich wunderte es, dass wir nicht auf direktem Weg nach Hause fuhren. Mutter schlug den Weg in die Stadt ein, und als ich sie fragte, warum wir denn dorthin fuhren, sagte sie nur knapp: »Noch etwas erledigen.« Als ich wissen wollte, was das war, bekam ich keine Antwort mehr.

Wir hielten an einem großen Warenhaus an. Als sie meinen fragenden Blick sah, sagte sie, dass es endlich Zeit würde, mir ein paar neue Kleidungsstücke zu kaufen. Sie hatte bemerkt, dass die Sachen, die ich aus dem Heim mitgebracht hatte, nun wirklich nicht mehr schön waren und dass es langsam Zeit wurde, meinen Kleiderschrank aufzufüllen.

Ich wusste nicht, was ich sagen sollte. Mutter half mir wieder in den Rollstuhl, und wir fuhren hinein. Max ließen wir im Auto. Sie schob mich zu den Pullovern und Jacken. »Such dir etwas aus«, sagte sie einfach.

Verlegen schaute ich sie an. Bisher hatte ich mir noch nie meine Anziehsachen aussuchen dürfen. Da es im Heim kein Geld für neue Garderobe gab, bekam man immer das Abgetragene einer anderen Person.

Ich konnte mich bei so viel Auswahl gar nicht entscheiden. Doch dann sah ich einen blauen Feinstrickpullover, der mir auf Anhieb gefiel. Ich probierte ihn an und er passte sogar. Ich legte ihn in den Einkaufswagen und fuhr dann zu den Jacken. Dort fiel mir sofort eine helle mit farbig abgesetzten Bündchen auf. Als ich sie anzog, merkte ich, wie edel sie war. Sie fühlte sich richtig gut auf der Haut an. Ich legte auch sie in den Einkaufswagen und sagte: »Fertig!«

Mutter schaute hinein und meinte nur: »Ist das etwa alles? Ich denke, wenn wir schon einmal hier sind, sollten wir gleich richtig einkaufen.«

Also suchte ich mir noch zwei Pullover aus. »Wie sieht es mit Hosen aus?«, fragte sie und schob mich, ohne auf meine Antwort zu warten, dorthin. Sie zeigte auf meine, die ich trug, und sagte: »Schau mal, deine hat ein Loch.«

Also suchte ich mir noch zwei leichte Jogginghosen aus. Sie waren im Rollstuhl bequem zu tragen, und deshalb sah man mich eigentlich nur damit. Allerdings stellte sich die Anprobe in der engen Kabine als etwas problematisch dar.

»Soll ich dir helfen?«, fragte sie, aber irgendwie bekam ich es alleine hin. Auch diese Stücke wanderten zu den anderen Sachen. »Jetzt reicht es aber«, sagte ich.

Sie lachte. »Was hältst du davon, wenn wir unseren Männern auch etwas mitnehmen?«

»Gute Idee«, erwiderte ich.

Wir fuhren durch das Warenhaus und kauften für Andy ein paar neue Arbeitshandschuhe, da seine alten schon reichlich viele Löcher hatten. Für Vater besorgten wir ein neues Hemd, und Max bekam ein neues Halsband.

Wir fuhren zum Wagen und packten alles auf die Rückbank zu Max. Er begrüßte uns freudig, war aber nicht sehr begeistert davon, dass wir alles zu ihm auf die Rückbank legten, da er nun so gut wie keinen Platz mehr hatte.

Wir machten uns auf den Heimweg – dachte ich zumindest. »Wie wäre es noch mit einem Eis?«, fragte sie, und bevor ich antworten konnte, standen wir vor der Eisdiele. Da ich mir sicher war, dass kein Nein akzeptiert wurde, sagte ich gar nichts. Wir aßen jeder eine große Portion mit vielen verschiedenen Eissorten, und sogar Max bekam eine Kugel. Nachdem die Gläser leer waren, fragte ich, ob wir nun langsam nach Hause fahren könnten.

»Hast du noch was vor?«, fragte sie mich. Aber ich brauchte gar nicht darauf zu antworten; sie wusste auch so, wohin ich wollte.

Endlich brachen wir auf. Schon als ich von Weitem unser Haus erblickte, freute ich mich, endlich wieder daheim zu sein. Der Einkaufsbummel war zwar sehr schön gewesen, aber hier fühlte ich mich am wohlsten. Mutter trug die Sachen hinein, und ich folgte ihr. Sie legte alles auf das Sofa und ging dann in die Küche.

»Wenn es dich nicht stört, würde ich gerne noch einmal zu Amigo auf die Weide.«

»Nein, mach nur«, sagte sie. »Aber sei vorsichtig!«

»Willst du nicht mitkommen?«, fragte ich. Sie wich meiner Frage aus und meinte nur, sie müsse noch das Abendessen vorbereiten.

Als ich schon fast aus der Küche war, rief sie mir hinterher: »Vergiss deinen Apfel nicht!« Ich fuhr zurück, sagte lachend danke, nahm mir einen und war weg.

Als ich zur Weide fuhr, hatte ich die ganze Zeit das Gefühl, dass mich jemand beobachtete. Als ich mich umdrehte, sah ich, dass Mutter auf der Veranda stand und mir hinterher sah. Dort angekommen, blieb ich am Zaun stehen. Sicher war sie immer noch dort. Wenn sie sah, dass ich die Koppel alleine betrat, regte sie sich nur wieder auf, und das wollte ich vermeiden.

Ich rief Amigo und natürlich kam er sofort. Ich gab ihm seine Leckerei und schaute ihn an. Dann hörte ich ein Auto. Als ich mich umdrehte, sah ich, dass es unsere Männer waren, die nach Hause kamen. Ich fuhr schnell zurück, um sie zu begrüßen.

»Habt ihr alles geschafft?«, fragte ich Andy, und er nickte mir zu. Er setzte sich, und ich gesellte mich zu ihm.

»Wie war denn dein Tag?«, wollte er wissen.

»Wir waren einkaufen und dann auch noch Eis essen.« Aber etwas musste sich in meine Stimme geschlichen haben, denn er lachte.

»Na ja, so schlimm kann das gar nicht gewesen sein«, sagte er.

Und er hatte recht. Zum ersten Mal hatte ich den ganzen Tag alleine mit Mutter verbracht, und wenn ich nachdachte, hatten wir viel Spaß zusammen gehabt.

Ich fragte ihn, wann morgen die Rinder abgeholt würden. Vielleicht blieb uns danach ja noch etwas Zeit, mit Amigo zu trainieren. Als ob er meine Gedanken gelesen hätte, sagte er: »Wir beginnen morgen mit dem Training, sonst gibst du ja doch keine Ruhe. Die Tiere werden morgens abgeholt, dann erledige ich schnell meine Arbeit, und dann fangen wir sofort an.«

Ich strahlte ihn an und hoffte, dass der Tag schnell vorbeiging. Abends saßen wir noch zusammen am Kamin und zeigten unseren Männern die Sachen, die wir für sie gekauft hatten. Sie freuten sich sehr über ihre Geschenke. Als ich Max sein neues Halsband anlegte, lief er mit erhobenem Kopf durch den Raum, als wollte er es allen zeigen.

Die Männer gingen wieder zeitig zu Bett, und auch ich wollte heute einmal früher schlafen gehen. Als ich zu meinem Zimmer fuhr, rief Mutter mir nach: »Amy, warte mal!«

Ich drehte meinen Rollstuhl um, und sie kam auf mich zu. Sie beugte sich zu mir herunter, gab mir einen Kuss und sagte: »Danke, dass du heute den Tag mit mir verbracht hast.« Dann drehte sie sich um und ging in ihr Schlafzimmer.

»Gerne«, sagte ich, aber da war sie schon in ihrem Zimmer verschwunden.

Wie immer dachte ich, als ich im Bett lag, über den Tag nach. Mir wurde bewusst, dass mir nichts Besseres hätte passieren können, als hier ein neues Leben anzufangen. Ich konnte gar nicht mehr verstehen, warum ich am Anfang so skeptisch gewesen war. Ich hatte hier einfach alles, was man sich nur wünschen konnte. Ich hatte eine liebevolle Familie, die sich um mich kümmerte, Max war bei mir, und es ging mir so gut wie schon lange nicht mehr.

15

Als ich aufwachte, war ich voller Tatendrang. Schnell machte ich mich auf den Weg in die Küche. Die Männer waren noch dort, aber schon im Aufbruch begriffen. »Bis gleich«, sagte ich zu Andy, und er wusste genau, dass ich es kaum erwarten konnte, bis er zurück war.

»Was habt ihr denn nachher vor?«, fragte Mutter mich. Auch ihr war anscheinend nicht verborgen geblieben, dass ich irgendwie anders war als sonst. Ich antwortete nicht und rollte hinaus auf die Veranda. Von dort aus beobachtete ich die Pferde. Dann fuhr ich wieder ins Haus und holte mir aus meinem Zimmer ein Buch. Wieder draußen versuchte ich, mich auf meine Lektüre zu konzentrieren, aber irgendwie fiel es mir schwer, der Handlung zu folgen. Wie sollte das auch gehen, wenn ich bereits jetzt schon beim Training mit Amigo war?

Die Zeit wollte einfach nicht vergehen. Immer wieder schaute ich auf die Uhr. Gut, dass Mutter im Haus war. So bekam sie wenigstens nicht mit, wie nervös ich war. Doch dann war es so weit. Ich sah das Auto die Auffahrt hinauffahren. Mutter kam auch raus. Wie es aussah, hatte sie den Wagen auch gehört und wollte unsere Männer begrüßen.

Noch bevor sie fragen konnte, erzählte Vater, dass alles reibungslos abgelaufen war. »Der Käufer war sehr zufrieden mit den Tieren und hat mir gleich gesagt, dass er auch im nächsten Jahr wieder mit uns Geschäfte machen will. Das ist doch eine gute Nachricht.«

Unsere Eltern gingen ins Haus. »Wann fangen wir nun endlich an?«, fragte ich Andy. Er schaute mir in die Augen und musste lachen.

»Wenn Madame erlaubt, wasche ich mich, ziehe frische Kleidung an, esse etwas, und dann können wir loslegen«, sagte er ironisch. »Du gibst ja sonst doch keine Ruhe.«

»Beeil dich!«, rief ich ihm hinterher.

Nach einer halben Stunde kam er mit einer Tüte Äpfel an der Hand wieder heraus, aber für mich hatte sich die Wartezeit wie eine Ewigkeit angefühlt.

»Wie konntest du sie herausschmuggeln?«, fragte ich ihn, und er erklärte mir, dass sie noch kurz in der Stadt gewesen waren, bevor sie nach Hause fuhren, und er sie dort gekauft hatte. Dann hatte er sie unter seiner Jacke in sein Zimmer gebracht und genau so auch hinaus. Natürlich wäre es aufgefallen, wenn wir so viele Äpfel aus der Küche mitgenommen hätten.

»Müssen wir nicht erst deine andere Arbeit erledigen?«, fragte ich. Zu meiner Überraschung schüttelte er den Kopf.

Fragend blickte ich ihn an.

»Vater ist so nett und übernimmt sie heute für mich.«

»Ach, hast du ihm erzählt, dass wir heute mit dem Training von Amigo anfangen wollen?«

»Na klar! Damit er Mutter etwas ablenkt. Oder möchtest du, dass sie beim ersten Mal erscheint und alle verrückt macht?«

Natürlich wollte ich das nicht.

»Aber wie will er sie ablenken?«, fragte ich.

»Na ja, er will sich etwas mehr um sie kümmern. Er hat ihr extra ihre Lieblingspralinen in der Stadt gekauft und sogar ein paar Blumen für sie besorgt. Er will sich einfach mit ihr ein paar gemütliche Stunden machen; schließlich ist es schon sehr lange her, dass sie das gemacht haben. Natürlich müssen wir ihm am Abend berichten, wie es gelaufen ist.«

»Wie wollen wir vorgehen?«, fragte ich Andy. Er sagte, dass er Amigo erst einmal von der Weide holen wollte, um ihn dann auf den Reitplatz zu bringen. Dann wollte er testen, ob er die Kommandos zum Hinlegen und Aufstehen noch beherrschte, und vor allem, ob er sie sich von Andy geben ließ. Dann sollte ich versuchen, Amigo am Rollstuhl zu führen.

»Wofür soll das gut sein?«, fragte ich.

»Geht er ohne Probleme mit, wenn du ihn führst, können wir auch davon ausgehen, dass er nicht erschrickt, wenn wir mit dem Rolli neben ihn fahren, während er bereits liegt.« Andy fügte noch hinzu, dass wir das alles in absoluter Ruhe machen müssten und schaute mich dabei an.

»Was meinst du damit?«, fragte ich.

»Na ja, bei deiner jetzigen Nervosität und Aufregung wird es sicher nicht so leicht sein, ihm die nötige Ruhe zu vermitteln.«

»Merkt man mir das so an?«, fragte ich, und er nickte. Während er das Pferd von der Weide holte, wartete ich am Reitplatz. Ich versuchte, meine Nervosität in den Griff zu bekommen. Ich atmete mehrere Male tief durch und merkte, wie mein Puls langsamer wurde. Als ich Andy mit Amigo an der Hand sah, machte ich das Gatter zum Reitplatz auf. Er führte ihn hinein und löste den Strick, damit er sich erst einmal frei bewegen konnte.

Er gab mir ein Zeichen, dass ich auch hinein kommen sollte. Ich fuhr zu ihm und wartete auf neue Anweisungen. Er gab mir den Strick und sagte: »Versuch einmal, ob du den Strick an seinem Halfter befestigen kannst.«

»Nichts leichter als das«, sagte ich.

Als Amigo mich auf dem Reitplatz sah, kam er wie immer sofort zu mir und senkte seinen Kopf zu mir hinunter. Ohne Probleme konnte ich den Führstrick befestigen.

»Gut gemacht«, sagte Andy. »Gib ihm einen Apfel als Belohnung, damit er auch weiß, dass er es gut gemacht hat.«

Ich hielt ihm einen hin, und wie immer biss er hinein. An seinem Schmatzen hörte ich, wie gut es ihm schmeckte.

Andy nahm mir den Führstrick aus der Hand, steckte sich zwei Äpfel in seine Jackentasche und führte Amigo einige Runden. Dann ging er mit ihm in die Mitte des Platzes. »Was machst du da?«, rief ich herüber.

»Ich will sehen, ob er sich hinlegt. Aber sei nicht traurig, wenn es nicht auf Anhieb klappt. Schließlich ist es schon lange her, dass er das gemacht hat.«

Voller Erwartung schaute ich ihnen zu. Er gab das Kommando – und ohne zu zögern legte Amigo sich hin! Sofort gab er ihm seine Belohnung.

»Super!«, rief ich und klatschte in die Hände. Dann gab er ihm das Kommando zum Aufstehen, und auch das verstand Amigo sofort. Wieder klatschte ich vor Begeisterung, und Andy klopfte ihm zur Belohnung den Hals.

»Mach es noch mal«, rief ich ihm zu, aber er schüttelte den Kopf.

»Das reicht für heute«, sagte er bestimmt, »wir wollen es nicht übertreiben.«

»Gut«, gab ich nach. »Aber darf ich noch versuchen, ob ich ihn am Rollstuhl führen kann?«

»Das können wir noch machen. Aber dann reicht es wirklich.«

Ich fuhr zu den beiden. Andy drückte mir den Führstrick in die Hand. Es war gar nicht so einfach, meinen fahrbaren Untersatz im Sand fortzubewegen und gleichzeitig den Strick in der Hand zu halten, aber irgendwie bekam ich es hin, und Amigo folgte mir. Liebevoll streichelte ich seinen Kopf. Ich war so stolz auf ihn! Er hatte seine Aufgaben mit Bravour gemeistert.

Andy nahm mir Amigo ab und brachte ihn in seine Box zurück, wo er noch eine Portion Hafer bekam.

»Warte hier«, sagte er, »ich hole schnell die anderen Pferde, dann braucht sich Vater nicht mehr darum zu kümmern.«

Während er sich aufmachte, blieb ich bei Amigo und schaute ihm beim Fressen zu.

Schnell war Andy mit den anderen drei Pferden da. Es wunderte mich sehr, dass er alle zusammen führen konnte, aber er erklärte mir, dass sie den Weg in den Stall von alleine fänden. Außerdem kannten sie es, gemeinsam zurück geführt zu werden.

Auch ihnen gab Andy etwas Hafer. Dann setzte er sich auf einen Strohballen.

»Das hat ja richtig gut geklappt«, sagte er zufrieden, und ich konnte ihm nur zustimmen.

»Wie oft und wie lange wollen wir demnächst üben?«, fragte ich.

Er erklärte mir, dass wir ihn nicht jeden Tag mit den Übungen behelligen und damit womöglich überfordern sollten. Klar konnte ich ihn jeden Tag besuchen und verwöhnen, aber der Rest musste mit viel Geduld Schritt für Schritt gemacht werden.

»Du kannst mir glauben, dass wir es schaffen werden, dass du bald auf ihm sitzt. Vertrau mir. Du musst nur noch etwas Ruhe bewahren.«

»Glaubst du wirklich?«, fragte ich mit leuchtenden Augen, und wieder nickte er.

»Lass uns zurückgehen«, sagte er dann, »sonst setzen uns unsere Eltern noch auf die Vermisstenliste.«

Als wir das Haus betraten, saßen die zwei gemeinsam auf dem Sofa. »Einen schönen und erfolgreichen Tag gehabt?«, erkundigte sich Vater zwinkernd.

Wir hoben nur den Daumen.

Ich sagte, dass ich müde sei und direkt ins Bett gehen wolle. Mutter schaute mich an, doch bevor sie etwas sagen konnte, wünschte Vater mir eine gute Nacht.

Andy brachte mich bis zu meiner Schlafzimmertür. »Das hat wirklich gut geklappt«, wiederholte er. »Ich hätte nicht geglaubt, dass Amigo die Kommandos nach so langer Zeit noch so sicher beherrscht.«

Ich schaute ihn nur strahlend an. Dann wünschte auch er mir eine gute Nacht und ging zurück zu unseren Eltern.

Ich fuhr in mein Zimmer, legte mich aber nicht direkt ins Bett, sondern stand lange am Fenster und schaute hinaus, einfach nur so, und ließ den Blick durch die Gegend schweifen. Doch dann merkte ich, wie mir die Augen zufielen, und ich legte mich zum Schlafen hin.

16

In den nächsten Tagen passierte nicht viel. Immer wieder, wenn Andy Zeit zwischen seinen Arbeiten hatte, übten wir mit Amigo. Wir achteten aber darauf, dass wir ihn nicht überforderten. Wir wiederholten die Lektionen mit der Zeit immer öfter. Inzwischen hatten wir sogar schon getestet, wie Amigo reagierte, wenn Andy mich mit meinem Rollstuhl neben ihn schob, während er lag. Dann half er mir aus dem Rolli heraus. An seiner Hand machte ich dann einige Schritte auf Amigo zu, aber er reagierte überhaupt nicht darauf. Er blieb ruhig liegen und schaute uns an.

Diese Übung wiederholten wir öfter, obwohl es mir sehr schwerfiel, auf seinen Arm gestützt durch den Sand zu laufen. Aber da dies die einzige Möglichkeit war, um mich später seitlich auf seinen Rücken setzen zu können, arbeitete ich fleißig mit. Wir hatten ihm auch schon den Gurt mit den Griffen angelegt. Er passte immer noch wie am ersten Tag und schien ihn nicht zu stören. Andy war der Meinung, dass wir nun so weit waren.

Vater wusste zwar, dass wir mit Amigo immer größere Fortschritte machten. Er wusste auch, dass ich mich irgendwann einmal auf seinen Rücken setzen wollte. Dies war auch kein Problem für ihn. Aber Mutter tappte völlig im Dunkeln, und genau da wollten wir sie auch vorerst lassen. Es reichte vollkommen, wenn sie es erst erfuhr, wenn es geklappt hatte und ich zum ersten Mal auf ihm saß.

Dann war es so weit. Der geeignete Zeitpunkt für meinen ersten Ritt stand vor der Tür. Vater kam zu uns in die Scheune und erzählte uns, dass er und Mutter über das Wochenende verreisen mussten. Ein neuer Käufer hatte sich bei ihnen gemeldet, und da mussten sie natürlich zu einer Vertragsbesprechung hin. Da dieser weiter entfernt wohnte, hatte er ihr den Vorschlag gemacht, das Wochenende dafür zu nutzen, endlich einmal wieder zwei ungestörte Tage miteinander zu verbringen. Erst war sie nicht begeistert von dieser Idee, ließ sich dann aber dazu überreden. Er zwinkerte mir zu und sagte scherzend: »Das müsste doch eine gute Gelegenheit für dich sein, dein Vorhaben in die Tat umzusetzen.« Als ich das hörte, schaute ich ihn strahlend an.

»Gut«, sagte er. »Ich werde also versuchen, das Wochenende so lange wie möglich hinauszuziehen. Wir werden Samstag schon sehr früh aufbrechen, und wenn alles klappt, sind wir erst wieder Sonntagabend zurück. Also habt ihr zwei volle Tage, das müsste doch reichen!«

Dann schaute er Andy an. »Versprich mir, dass ihr alles mit Ruhe macht. Übernimm du den Ablauf. So, wie ich deine

Schwester einschätze, kann sie es gar nicht abwarten. Und denke bitte daran, dass die Arbeit hier nicht darunter leiden darf. Ich muss mich auf dich verlassen können!«

»Natürlich kannst du dich auf mich verlassen«, versicherte er ihm. »Wir werden das Kind schon schaukeln.«

Dann stand Vater auf und tat etwas, mit dem ich nicht gerechnet hätte: Er ging zu der Box, in der Amigo stand, klopfte ihm den Hals und sagte zu ihm: »Sei schön vorsichtig mit ihr.«

Wir schauten uns verwundert an. Doch da drehte er sich auch schon um, verließ die Scheune und rief nur noch: »Viel Spaß!«

»Wieso hat er das getan?«, wollte ich wissen. Andy erzählte mir, dass Vater eigentlich immer eine sehr gute Verbindung zu Amigo hatte. »Er war es, der ihn damals als Fohlen auf die Farm brachte und meiner Schwester dabei geholfen hat, ihn aufzuziehen. Er hat ihr alles beigebracht, was er über Pferde weiß. Er hat ihm damals auch keine Schuld an dem Unfall gegeben, das war nur Mutter. Aber eigentlich wusste auch sie, dass er nichts dafür konnte. Und dann noch der Tod meiner Schwester. Das war alles zu viel für sie.«

»Aber für ihren Tod konnte Amigo doch nichts«, wandte ich ein.

»Das stimmt. Aber er hat Mutter einmal kurz nach dem Tod meiner Schwester attackiert. Sie wollte ihn besuchen, und er schlug nach ihr aus und zeigte ihr die Zähne. Wie wir jetzt wissen, hat er das nur getan, weil seine Freundin ihm so fehlte, aber zu dem Zeitpunkt sah es so aus, als wäre er böse geworden. Mutter steigerte sich in die Sache hinein und war bald fest davon überzeugt, dass auch deswegen der Unfall passiert war, obwohl das natürlich völliger Blödsinn war. Schließlich ist das Unglück durch ein Loch im Boden passiert und nicht, weil Amigo gebuckelt hatte, aber das war ihr egal. Sie suchte einfach einen Schuldigen, und da kam er gerade recht. Ich glaube«, fügte Andy hinzu, »dass es leichter für sie war, alles zu verarbeiten, wenn sie einen Schuldigen dafür hatte.«

Ich nickte schweigend.

»Und deswegen hat sie uns den weiteren Kontakt mit Amigo verboten. Wir gingen auf ihre Forderungen ein, und den Rest kennst du bereits. Er vereinsamte immer mehr. Wenn ich nur damals gewusst hätte, dass er bloß trauerte und sich alleine fühlte, hätte ich mich trotz des Verbotes weiter intensiv um ihn gekümmert. Schließlich kenne auch ich ihn schon als Fohlen.« Andy verstummte und schaute betrübt zu Boden.

»Mach dir keine Vorwürfe«, sagte ich tröstend zu ihm.

Den Rest des Tages verbrachten wir gemeinsam. Ich begleitete ihn wieder auf die Weiden, schaute ihm zu, wie er die Tiere versorgte und wie er das Heu in der Scheune stapelte. Wir versuchten, Max zu baden, aber der fand das gar nicht so lustig wie wir. Es wurde viel gelacht, und der Tag ging schnell vorbei.

Als wir am Abend zurück ins Haus gingen, wurde mir bewusst, dass der Tag, auf den ich schon so lange gewartet hatte, immer näher kam. Ich musste nur noch die Nacht hinter mich bringen, und dann war es so weit. Meine Vorfreude war kaum noch auszuhalten.

17

Wie ihr euch sicher vorstellen könnt, hatte ich nicht die beste Nacht. Immer wieder dachte ich an den nächsten Tag. Ich wälzte mich im Bett hin und her und fand keinen Schlaf. Als ich am Morgen wach wurde, hatte ich ein Gefühl, als ob ich die ganze Nacht durchgemacht hätte.

Ich zog mich an und machte mich auf den Weg in die Küche. Da dieser Ort so etwas wie der Familientreffpunkt im Haus war, wunderte es mich nicht, das die anderen hier bereits versammelt waren. Aber mir fiel sofort auf, dass heute Morgen hier nicht die übliche Ruhe herrschte wie sonst. Nachdem ich ein freundliches ›Guten Morgen‹ von mir gegeben hatte, fuhr ich zu Andy an den Tisch.

»Sag bloß nichts zu ihr«, flüsterte er. »Sie ist so angespannt, dass jedes Wort falsch wäre.«

»Warum?«, fragte ich, und er erklärte mir flüsternd, dass sie sich zwar sehr auf das Wochenende mit Vater freute, aber auch ein großes Problem damit hatte, uns hier alleine zu lassen.

»Kennst sie doch«, fügte er beiläufig hinzu. »Sie hat nun einmal gerne das Ruder in der Hand, und wenn sie nicht hier ist, geht das nicht.«

Man merkte, dass es selbst Vater, der sonst die Ruhe in Person war, zu viel wurde. »Komm, Max, wir machen einen kleinen Spaziergang«, sagte er, schlug mit der flachen Hand auf seinen Oberschenkel und stand auf. Mein Hund schaute ihn verwundert an, ging dann aber mit. Vater hatte noch nie mit ihm einen Spaziergang gemacht. Auch Andy und ich schauten uns fragend an, nur Mutter war so mit sich selbst beschäftigt, dass sie nichts mitbekam.

Als die zwei zurückkamen, war es auch schon Zeit, aufzubrechen. Wir begleiteten unsere Eltern noch bis zum Auto, um ihnen ein schönes Wochenende zu wünschen. Ich konnte es gar nicht erwarten, dass sie endlich weg waren. Und wie ich Andy einschätzte, ging es ihm nicht anders.

Mutter nahm uns mehrmals in den Arm, küsste uns und konnte sich irgendwie gar nicht von uns trennen, bis Vater ein Machtwort sprach.

»Jetzt ist es aber genug, Liebes«, sagte er. »Wir müssen los. Mach dir keine Sorgen; die Kinder werden bestimmt nicht die Farm abfackeln.«

Als er das sagte, sah ich in ihren Augen, dass sie sich das bildlich vorstellte. Ich sagte: »He, wir kriegen das schon hin, keine Sorge, es sind doch nur zwei Tage, die ihr nicht hier seid.«

Aber auch meine Worte schienen sie nicht zu beruhigen. Vater schob sie mehr oder weniger ins Auto. Dann startete er den Wagen, und sie fuhren los. Andy und ich winkten noch zum Abschied. »Das hätten wir geschafft«, sagte er.

»Was machen wir jetzt?«, fragte ich ihn stürmisch.

Er schaute mich an und sagte gar nichts. Verwundert blickte ich zurück. »Wenn ich mir dich so anschaue, hast du doch bestimmt die ganze Nacht vor lauter Aufregung nicht geschlafen.«

»Stimmt«, sagte ich.

»Das ist nicht gut«, erwiderte er. »Du musst dich konzentrieren können, wenn du auf Amigo sitzt. Ich möchte nicht derjenige sein, der unseren Eltern erklärt, dass du vor lauter Müdigkeit vom Pferd gefallen bist.«

»Das wird schon nicht passieren«, antwortete ich.

»Also gut, ich mach dir einen Vorschlag: Du gehst ins Bett und schläfst etwas. Ich erledige in der Zeit meine Arbeit, wecke dich, und dann fangen wir an. Kannst du damit leben?«, fragte er.

»Ich habe ja keine andere Wahl, ich bin ja auf deine Hilfe angewiesen«, murrte ich.

»Genau«, erwiderte er, »und du kannst dir gar nicht vorstellen, was das für ein schönes Gefühl ist zu wissen, dass es ohne mich nicht geht.« Er lachte mich an. »Ich werde dich wecken, wenn ich fertig bin, versprochen, und dann haben wir immer noch genug Zeit.«

Ich fuhr zurück ins Haus, auch wenn ich die Idee mit dem Schlafen nicht gut fand. Außerdem war ich mir gar nicht sicher, ob ich überhaupt schlafen konnte.

Ich legte mich auf mein Bett und wunderte mich selber, wie schnell mir die Augen zufielen. Ich wusste nicht, wie viel Zeit vergangen war, bis ich es an meiner Tür klopfen hörte. Ich sagte »Herein!« und Andy betrat strahlend mein Zimmer.

»Bist du so weit?«, fragte er.

»Was für eine Frage!«

Ich wollte das Haus schon verlassen, als Andy mir hinterherrief, ich sollte noch warten. Schnell lief er zur Küche und kam mit einer Tasche Äpfeln, belegten Broten und einer Flasche Limonade wieder heraus.

»Schließlich müssen auch wir essen!« Daran, wie er das sagte, merkte ich, dass er bei bester Laune war.

Wir machten uns auf den Weg zur Scheune. Als wir dort ankamen, konnte ich sehen, dass Andy Amigo bereits von der Weide geholt hatte. »Hab ihn auch schon geputzt«, sagte er.

»Los, fangen wir an«, sagte ich euphorisch. Aber Andy setzte sich erst einmal in aller Ruhe auf einen Heuballen und machte sich über die belegten Brote her.

»Willst du auch eins?«, fragte er kauend.

»Wir sind nicht zum Essen hier«, antwortete ich schroff.

»Bedenke, ich muss dich gleich mehr oder weniger aufs Pferd heben. Dafür muss ich mich erst einmal stärken.« Er ließ sich nicht aus der Ruhe bringen. Hätte ich es gekonnt, wäre ich wahrscheinlich vor lauter Anspannung von einem Bein auf das andere gehüpft.

»Fertig«, sagte er, »jetzt kann es losgehen.«

»Wird auch Zeit«, brummte ich, aber er konnte sich über meine Ungeduld nur amüsieren. Er holte Amigo aus seiner Box und befestigte den Führstrick außen am Stall. Er holte den Gurt mit den Griffen und legte ihn Amigo an. Dann schaute er mich an und fragte: »Bist du so weit?«

»Seit hundert Jahren«, erwiderte ich grinsend.

Wir gingen vor wie immer. Andy brachte ihn in die Mitte des Reitplatzes, dann gab er ihm das Kommando zum Hinlegen. Schließlich half er mir aus dem Rollstuhl, nahm mich beim Arm, stützte mich, und ich ging mit seiner Hilfe die wenigen Schritte zu Amigo. Bis dahin verlief alles gut.

Langsam ging er in die Knie, und auch ich knickte in den Knien ein. Zu keiner Zeit hatte ich Angst, dass ich fallen würde, denn Andy hielt mich so fest am Arm, dass ich gar nicht fallen konnte. Er ging immer tiefer. Als der Griff des Gurtes immer näher kam, ergriff ich ihn mit meiner freien Hand und konnte sanft auf seinen Rücken gleiten.

»Sitzt du?«, fragte Andy.

Ich nickte.

»Ich lass dich jetzt los. Halt dich gut fest!«

Ich fasste nach dem Griff.

»Vertrau mir«, sagte er. »Wie ich dir schon einmal gesagt habe, mach ich das nicht zum ersten Mal.«

Dann lief er auf die andere Seite.

»Ich werde jetzt versuchen, dein Bein über den Gurt zu heben, damit du richtig sitzt.« Er beugte sich zu mir herüber, nahm mein Bein und beförderte es vorsichtig auf die andere Seite.

»Alles okay? Kannst du so sitzen?«

»Alles in Ordnung«, antwortete ich.

Andy befestigte den Führstrick an Amigos Halfter, ließ ihn dann aber hängen. Und da Amigo bisher nicht versucht hatte aufzustehen, wurde der Strick schließlich abgemacht, damit er sich voll und ganz auf mich konzentrieren konnte. Natürlich gab es keine hundertprozentige Sicherheit, dass er nicht doch einmal aufstehen würde, aber da er es bis dahin noch nie versucht hatte, vertrauten wir ihm einfach.

»Jetzt musst du dich richtig gut festhalten. Ich gebe ihm nun das Kommando zum Aufstehen.«

Ich krallte mich mit beiden Händen fest an die Griffe. Andy gab den Befehl und Amigo stand auf. Fühlte sich das gut an! Durch die Muskelschwäche in meinen Beinen konnte ich zwar nicht so viel spüren, aber eins war sicher: Es fühlte sich großartig an!

»Halt dich weiter gut fest, ich führe ihn jetzt über den Platz.« Und schon setzte Amigo sich mit mir auf dem Rücken in Bewegung. Ich kann euch gar nicht sagen, was in diesem

Moment in mir vorging, als er sich langsam im Schritt vorwärtsbewegte. Mich durchströmte ein solches Glücksgefühl, dass ich am liebsten meine Arme hochgerissen hätte, um zu jubeln. Aber so dumm war ich dann doch nicht.

Andy führte ihn eine Runde über den Platz und hielt dann wieder an.

»Gut, das reicht für heute«, sagte er.

Natürlich wäre ich gerne noch mehrere Runden geritten. Aber morgen war auch noch ein Tag. Und immer noch durchströmte mich dieses Glücksgefühl.

»Ich lass ihn sich jetzt wieder hinlegen«, sagte Andy, und ich hielt mich wieder fest.

Um mich vom Pferd zu bekommen, machten wir diesmal alles genau anders herum. Andy legte mein Bein auf die andere Seite zurück, sodass ich wieder seitlich saß. Dann holte er meinen Rollstuhl und stellte ihn so dicht an Amigo, wie es nur ging. Er nahm mich in den Arm und half mir beim Aufstehen. Als ich auf meinen Beinen stand, merkte ich, wie sie zitterten. Das entging auch ihm nicht.

»War wohl doch anstrengender, als du dachtest, was?«

Und er hatte recht. Ich war froh, als ich wieder in meinem Rolli saß, denn ich hätte mich nicht viel länger auf meinen Beinen halten können.

Er ließ Amigo wieder aufstehen, und ich stopfte ihn mit den mitgebrachten Äpfeln voll. Diese Belohnung hatte er sich wirklich verdient.

»Willst du ihn jetzt wieder in die Box bringen?«, fragte ich.

»Nein«, sagte er, »wir bringen ihn in die Scheune, dann mach ich ihm den Gurt ab, danach bekommt er noch etwas Hafer, und dann darf er wieder auf die Weide. Heute ist so ein schöner Tag, da gefällt es ihm draußen bestimmt besser.«

Als Andy Amigo versorgte, merkte ich, dass auch ich Hunger hatte. Ich schaute in die Tasche und stellte fest, dass er nicht alle Brote aufgegessen hatte. Während ich alles verputzte, was noch übrig war, kam er mit Amigo heraus und brachte ihn zurück auf die Weide.

18

Als ich wieder auf der Veranda war, musste ich automatisch zu Amigo schauen. Er stand so friedlich da und graste, und wieder durchströmte mich dieses Glücksgefühl.

Ich merkte, dass Andy mich anschaute. »Was guckst du so? Habe ich irgendetwas im Gesicht?«, fragte ich ein bisschen patzig.

»Das kann man wohl sagen«, antwortete er. Automatisch wischte ich mir übers Gesicht.

»Da kannst du noch lange wischen, das geht nicht mehr weg.«

»Was meinst du?«, fragte ich besorgt.

»Seitdem du auf Amigo gesessen hast, grinst du nur noch.«

»Ja«, sagte ich. »Du kannst dir gar nicht vorstellen, was das für Gefühle in mir geweckt hat. Ich wundere mich selber über mich, aber ich bin einfach nur glücklich. Wenn es dir nicht gefällt, kannst du ja wegschauen«, fügte ich hinzu.

Er boxte mir auf den Arm und sagte: »Freut mich, dass es dir so gut gefallen hat. Jetzt kannst du bestimmt verstehen, warum meine Schwester trotz ihrer Lähmung wieder auf ihm sitzen wollte.«

Es war noch nicht sehr spät, aber ich war so müde, dass ich meine Augen kaum noch aufhalten konnte. So schön es auch war, auf Amigos Rücken zu sitzen, musste ich mir doch eingestehen, dass die ganze Aktion etwas zu viel für mich gewesen war.

»Geh doch zu Bett«, sagte Andy.

»Es ist noch zu früh, ich bleibe noch etwas bei dir.«

»Stört es dich, wenn ich in die Küche gehe, um mir etwas zu essen zu machen? Ich habe einen Bärenhunger.«

»Nein, mach nur«, sagte ich. Und das war das Letzte, woran ich mich erinnern kann. Als ich wieder zu mir kam, lag ich in meinem Bett und es klopfte an der Tür.

»Herein«, sagte ich und Andy kam ins Zimmer.

»Was ist passiert?«, fragte ich.

»Als ich zurückkam, hast du schlafend im Rollstuhl gesessen. Ich habe dich dann ins Bett gebracht. Hast du nicht bemerkt, dass du immer noch die Kleidung vom Vortag anhast?«

Ich schaute an mir herunter. »Tatsächlich, ist mir noch gar nicht aufgefallen.«

»Wie fühlst du dich?«, fragte er, und ich antwortete: »Einfach super.«

Wenn ich ehrlich gewesen wäre, hätte ich ihm sagen müssen, dass ich Schmerzen in den Beinen hatte. Aber wenn ich es ihm gesagt hätte, hätte er mir heute sicher einen Strich durch meine Rechnung gemacht, wieder auf Amigo zu sitzen.

»Glaubst du, du schaffst es heute noch einmal, dich auf ihn zu setzen? Wenn nicht, ist es auch nicht schlimm. Wir wissen ja jetzt, dass es funktioniert.«

»Nein, nein«, beeilte ich mich zu antworten. »Ich will unbedingt noch einmal reiten.«

»Ich hatte auch nichts anderes von dir erwartet«, grinste Andy. »Aber zuerst musst du dich mit einem guten Frühstück stärken. Ich habe schon alles vorbereitet, und falls es dich interessiert, den größten Teil der Arbeit habe ich auch schon erledigt.«

»Großartig«, sagte ich, »dann wollen wir mal loslegen.« Er hatte sich wirklich Mühe mit dem Essen gemacht, und deshalb nahm ich mir auch die Zeit, es zu genießen. Da Vater uns erzählt hatte, dass sie erst abends wieder da sein wollten, hatten wir noch genügend Zeit.

Als wir schon fast draußen waren, klingelte das Telefon. »Bestimmt nicht wichtig«, sagte er, und wir ignorierten es einfach. Wie unrecht wir doch damit hatten!

Andy machte Amigo fertig und brachte ihn auf den Reitplatz. Ich wartete dort schon. Als er mich sah, wieherte er mir freudig entgegen, so wie er es immer tat. Der Ablauf war derselbe wie am Vortag, aber da wir inzwischen ein eingespieltes Team waren, ging alles schneller.

»Fertig für die nächste Runde?«, fragte er, und ich nickte ihm begeistert zu.

Diesmal blieb es nicht bei einer Runde. Andy drehte mit uns mehrere Runden, bis mir auf einmal der Atem stockte. Ich sah das Auto unserer Eltern.

»Andy, schau nur!«, sagte ich aufgeregt, und ich konnte an seiner Reaktion erkennen, dass er genauso überrascht war wie ich.

»Die sind viel zu früh«, sagte er.

Und dann fiel es mir wie Schuppen von den Augen. »Das Telefon«, sagte ich. »Wären wir doch drangegangen!«

»Das ändert nun auch nichts mehr«, sagte er, und ich merkte an seiner Stimme, dass ihm immer unwohler in seiner Haut wurde.

Wir konnten sehen, wie Mutter aus dem Auto stieg, und warum auch immer, sie schaute als Erstes in Richtung Reitplatz. Dann stieg Vater aus und schaute ebenfalls herüber. Mutter lief los, Vater folgte ihr, hatte aber keine Chance, sie einzuholen. So schnell hatte ich sie noch nie laufen sehen, und wir beide wussten, dass uns, wenn sie den Reitplatz erreichte, ein Donnerwetter erwartete. Wir hatten uns nicht getäuscht.

19

Mutter kam als Erste an. An ihrer Körperhaltung sah ich, wie aufgebracht sie war. Und dann ging es auch schon los. Allerdings war es Andy, der sich die ersten Beschimpfungen anhören musste.

»Wie konntest du das nur zulassen; bist du verrückt geworden?! Weißt du nicht, wie gefährlich das ist, was ihr da gerade macht?!«

Andy schluckte nur und gab keine Antwort. Dann war ich an der Reihe.

»Reicht es nicht, dass du deine Beine nicht richtig bewegen kannst?! Möchtest du vielleicht lieber ganz gelähmt sein?!«

Auch ich brachte kein Wort hervor.

Nun kam auch endlich Vater an. »Liebes, beruhige dich, es ist ja nichts passiert. Komm, wir gehen zurück zum Haus – und euch beide will ich dort auch so schnell wie möglich sehen!«, wandte er sich an uns.

Er versuchte, streng zu klingen, aber so richtig gelang es ihm nicht.

»Los«, sagte Andy zu mir, »lass uns Amigo schnell fertigmachen und uns dann Mutter stellen.«

»Haben wir eine andere Wahl?«, fragte ich ihn, aber ich bekam keine Antwort.

Je mehr wir uns dem Haus näherten, umso unwohler wurde uns zumute. Unsere Eltern saßen bereits auf der Veranda und erwarteten uns. Wir fühlten uns, als ob wir jetzt schon zum Tode verurteilt wären, obwohl es noch gar keine Verhandlung gegeben hatte.

Bevor Andy mich die Rampe zur Veranda hochschob, berührte er mich noch einmal an der Schulter und sagte: »Nur die Ruhe!« Aber es klang nicht überzeugend.

Wir fuhren zu unseren Eltern an den Tisch, und noch bevor wir etwas sagen konnten, legte Mutter wieder los. Sie machte uns Vorwürfe, dass wir sehr unvernünftig seien und man doch wohl angesichts unseres Alters davon ausgehen könnte, dass wir wüssten, wann es gefährlich würde.

Als sie das sagte, platzte mir der Kragen. Wutentbrannt sagte ich zu ihr: »Wenn du nur richtig hingeschaut hättest, hättest du sehen können, dass überhaupt keine Gefahr bestand. Langsam solltest du mal die Vergangenheit begraben und an die Zukunft denken. Dass deine Tochter tot ist, tut mir unendlich leid, aber ich lebe, und wenn du mir nicht vertraust, werden wir nie eine richtige Beziehung aufbauen können.«

Ich wunderte mich selbst über meine Worte. Auch Andy und Vater schauten mich verwundert an, sagten aber nichts.

»Ich habe langsam die Nase voll davon, dass du überall nur Gefahr für mich siehst. Ich bin nicht so zerbrechlich, wie du meinst. Schließlich vertraue ich dir inzwischen auch, obwohl mich die Menschen in meiner Vergangenheit bisher nur verletzt haben. Merkst du nicht, wie sehr ich dich brauche?«

Als ich das sagte, traten Tränen in meine Augen. Zum ersten Mal öffnete ich mich und verschaffte meiner Familie einen tiefen Einblick in meine Gefühle. Aber ich konnte nicht aufhören. »Solltest du aber nicht in der Lage sein, mir zur vertrauen, ist es wohl besser, du bringst mich zurück ins Heim.«

Ohne auf ihre Antwort zu warten, setzte ich meinen Rollstuhl in Bewegung und verließ die Veranda. Max folgte mir.

Ich wusste nicht, wohin ich in meinem Zorn sollte. Ich brauchte jetzt dringend einen Ort, wo ich mich entspannen und beruhigen konnte. Ja, klar, sagte etwas in meinem Kopf, und ich fuhr, ohne mich von etwas aufhalten zu lassen, zu meinem, wie ich ihn genannt hatte, ›Lieblingsort‹.

Dort angekommen stellte ich mich mit meinem Rollstuhl so, dass ich die wunderbare Aussicht ins Tal genießen konnte. Als ich Max streichelte, merkte ich, dass meine Hände immer noch zitterten.

Ich wusste nicht, wie lange ich so dagesessen hatte, als mein Hund auf einmal aufbellte, ein untrügliches Zeichen dafür, dass sich uns jemand näherte. Noch bevor ich begriff, was geschah, stand Mutter vor mir.

»Was machst du hier? Woher wusstest du, dass ich hier bin?«

Sie antwortete leise: »Ich hatte gehofft, du bist hier.« Ihre Stimme war wieder ruhig und liebevoll. »Weißt du, dies war der Lieblingsort meiner Tochter. Hier kam sie immer hin, wenn wir uns gestritten hatten oder sie einen Platz zum Nachdenken brauchte. Und da ihr beide euch sehr ähnlich seid, dachte ich mir, ich schau einfach mal hier vorbei. Ich hatte die Vermutung, dass du diesen Ort bereits auf deinen Erkundigungsstreifzügen entdeckt hast, und wie ich sehe, hatte ich recht.«

»Inwiefern sind wir uns ähnlich?«, wollte ich wissen.

»Na ja«, antwortete sie, »meine Tochter hatte einen genauso großen Dickkopf wie du, war genauso temperamentvoll wie du, so stark und zugleich so verletzlich. Und dann ist da noch die Liebe zu Amigo ...«

Ich ließ sie weitersprechen.

»Und wenn ich dir noch etwas sagen darf: Ich vertraue dir. Vielleicht kann ich es dir nicht so zeigen, aber es ist so. Und ob du es glaubst oder nicht: Auch ich brauche dich. Sag mir, was ich tun soll, damit du siehst, dass ich dir vertraue.«

Mit diesen Worten hatte ich nicht gerechnet. »Ich weiß nicht«, erwiderte ich.

»Wenn du es weißt, sag es mir, und ich werde es dir beweisen.«

Sie stellte sich hinter meinen Rollstuhl, legte ihre Hände auf meine Schultern und genoss mit mir die Aussicht. Wir sprachen nichts mehr miteinander, aber ich hatte das Gefühl, wir verstanden uns in diesem Augenblick auch ohne Worte.

»Lass uns gehen«, sagte sie irgendwann. »Unsere Männer suchen uns wahrscheinlich schon.«

Als wir zurück im Haus waren, fragte Andy mich, ob alles in Ordnung sei.

»Bestens«, sagte ich. Und fügte hinzu: »Es tut mir auch leid, dass ich das alles gesagt habe, aber es musste einfach raus.«

»War gut, dass du dir Luft gemacht hast«, sagte er.

Ich sah ihn an. »Irgendetwas willst du doch noch von mir wissen. Komm, Andy, mach den Mund auf.«

»Hat sich diesmal die Gelegenheit ergeben, ›Mama‹ zu sagen?«

Ich senkte den Kopf und er wusste, dass ich dieses magische Wort nicht ausgesprochen hatte.

Als ich auf dem Weg in mein Zimmer war, lief mir auf dem Flur Vater über den Weg. »Habt ihr bei euch im Heim nicht gelernt, wenn das Telefon klingelt, dass man auch drangeht?«, brummte er.

»Warst du das etwa am Telefon?«, wollte ich wissen.

»Sicher, ich wollte euch vorwarnen, dass wir früher kommen. Es tut mir so leid, dass ihr euch deswegen wieder gestritten habt.«

»Nein«, sagte ich, »es war gut so, denn wir hätten sonst nie den Mut gehabt, uns das alles zu sagen. Mach dir keine Vorwürfe.«

»Und wenn ich jetzt frage, was ›das alles‹ war, wirst du mir bestimmt keine Antwort darauf geben.«

»Richtig«, sagte ich. »Das ist nämlich Frauensache.«

»Na ja, da kann ich wohl nichts machen.« Und damit war die Sache für ihn erledigt. »Darf ich dich noch etwas fragen?«

»Klar«, antwortete ich.

»Wie hat es sich für dich angefühlt, auf Amigo zu sitzen?«

Ich schaute Vater an und strahlte, weil mich genau in diesem Moment wieder dieses unbeschreibliche Glücksgefühl durchströmte.

»Brauchst gar nichts zu sagen«, antwortete er. »Ich sehe schon, wie schön es für dich war.«

In meinem Zimmer legte ich mich auf mein Bett und dachte darüber nach, was Mutter gesagt hatte ... Was sollte sie tun, damit ich merkte, dass sie mir vertraute? Und dann kam mir eine famose Idee.

20

Unser regelmäßiges Training wurde immer besser. Inzwischen ritt ich Amigo sogar schon alleine. Na ja fast. Ich saß auf ihm, Andy trottete mit seinem Pferd voraus, und Amigo lief hinterher. Doch für mich fühlte es sich so an, als ob ich ihn alleine reiten würde.

Durch das Üben hatte ich nun auch keine Schmerzen mehr in den Beinen, denn mein Körper hatte sich an die ungewohnten Bewegungen gewöhnt. Aber ich hatte nach wie vor dieses unbeschreibliche Gefühl, wenn ich auf ihm saß.

Vater schaute des Öfteren zu und freute sich für mich, dass alles so gut klappte. Nur Mutter ließ sich nie blicken, obwohl ich mich sehr gefreut hätte, wenn auch sie mir zugeschaut hätte. Aber anscheinend war sie noch nicht so weit, und das musste ich respektieren.

Eines Tages kam Vater sehr aufgeregt zu uns an den Reitplatz. »Ihr müsst sofort aufhören!«, rief er. »In den

Nachrichten haben sie gesagt, dass uns ein Unwetter erwartet. So, wie der Himmel aussieht, haben sie recht.« Er wandte sich an Andy: »Bring die Pferde auf die Weide – da sind sie besser aufgehoben. Und seht zu, dass ihr so schnell wie möglich ins Haus kommt.«

Andy schaute ihn an, als könnte er nicht so richtig glauben, was er gerade gehört hatte. »Ich mache keinen Scherz!«

Er half mir vom Pferd, und damit es schneller ging, packte Vater mit an. Gerade als wir auf der Veranda ankamen, fing es an zu tröpfeln, und eine Viertelstunde später war das Gewitter schon direkt über uns. Grelle Blitze zischten über den Himmel, und der Donner war so laut, dass man zusammenzuckte.

»Hoffentlich passiert nichts!«, hörte ich Mutter sagen, doch noch bevor sie es ganz ausgesprochen hatte, schlug ein Blitz in die Scheune ein und alles stand in hellen Flammen.

Sie rannte los. »Wir müssen versuchen, das Feuer zu löschen!«, schrie sie. »Du bleibst hier!«, befahl sie mir, und schon rannten sie alle los.

Ich hörte nicht auf ihre Worte und fuhr ihnen hinterher. Ich wollte mithelfen, auch wenn ich nicht so genau wusste, wie. Max war an meiner Seite.

Als ich ankam, versuchte meine Familie, das wertvolle Sattelzeug und alles, was sie greifen konnten, nach draußen zu bringen. Ich war so froh, dass die Pferde sicher auf der Weide waren! Die Flammen zu löschen war unmöglich. Auch der Rauch wurde immer stärker. Meine Augen brannten und tränten. Ich hielt mich etwas abseits, damit ich meiner Familie nicht im Weg war.

»Bleib weg!«, schrie Mutter, und ich hörte auf sie.

Doch dann sah ich, wie ein Dachbalken sich löste – und so, wie ich es erkennen konnte, würde er genau dorthin fallen, wo Mutter stand! So schnell ich konnte, setzte ich meinen Rollstuhl in Bewegung. Ich konnte sie gerade noch erreichen, bevor er auf sie fiel. Ich nutzte die Geschwindigkeit des Rollstuhls aus, streckte meine Hände nach ihr aus und warf sie um. Durch die Wucht des Zusammenpralls wurde ich aus meinem Rolli geschleudert, und der herabstürzende Dachbalken traf mich an der Stirn.

Ich konnte noch hören, wie Mutter nach Andy und Vater rief, dann bekam ich nur noch mit, dass mich irgendjemand aus der brennenden Scheune zog, und dann wurde es dunkel um mich.

Als ich wieder zu mir kam, lag ich in Mutters Arm. Immer wieder rief sie: »Komm zu dir, bitte, lieber Gott, lass sie nicht tot sein, komm zu dir!«

Ich öffnete die Augen und blickte direkt in ihre. Ihr ganzes Gesicht war schwarz vom Ruß und tränenverschmiert. Als sie sah, dass ich die Augen öffnete, drückte sie mich ganz fest an sich und sagte: »Du lebst! Oh, mein Gott, du lebst ...«

Ich schaute sie an und sagte: »Mama, du brauchst dir keine Sorgen um mich zu machen. Mir geht es gut.«

21

Als ich wieder wach wurde, lag ich im Krankenhaus. Andy saß neben mir. »Wie geht es dir?«, fragte er.

Ich antwortete: »Etwas zerschlagen.«

Ich hatte keine schweren Verletzungen. Hier und da hatte ich Abschürfungen an den Armen, die ich mir bei dem Sturz aus dem Rollstuhl zugezogen hatte. Und natürlich eine dicke Beule an der Stirn, wo mich der Balken getroffen hatte. Aber die Ärzte waren der Meinung, dass es besser wäre, wenn ich ein paar Tage zur Beobachtung in der Klinik bliebe.

»Ist bei euch alles in Ordnung?«, wollte ich wissen.

Andy nickte. »Mama steht zwar immer noch unter Schock, weil du dein Leben riskiert hast, um ihr zu Hilfe zu kommen, aber ansonsten ist alles in Ordnung.«

»Wie gut, dass die Pferde nicht in der Scheune gestanden haben.«

»Das kannst du laut sagen. Vater muss eine Eingebung gehabt haben.«

Plötzlich fiel mir siedend heiß etwas ein. Andy schaute mich an.

»Was ist los?«, fragte er. »Stimmt etwas nicht?«

»Max! Was ist mit Max? Geht es ihm gut?« In der ganzen Hektik hatte ich ihn vergessen.

Er legte beruhigend die Hand auf meinen Arm.

»Dem geht es blendend. Ihm ist nichts passiert.«

Ich schloss erleichtert die Augen. »Und was ist mit der Scheune?«, fragte ich.

»Die war nicht mehr zu retten.«

»Aber man kann sie doch sicher wieder aufbauen, oder?«

»Das kann man, aber zurzeit haben wir einfach nicht das Geld dafür. Wir können keine Rinder mehr verkaufen, weil die Herde sonst zu klein wird, und die Bank gewährt uns auch keinen Kredit mehr. Wie du siehst, schaut es gar nicht so gut aus.«

»Was sollen wir jetzt machen?«, fragte ich, aber Andy schüttelte nur den Kopf.

Ich kann euch nicht sagen, warum ich gerade in diesem Moment zu meinem Kettenanhänger am Hals griff. Doch als ich ihn in meinen Händen spürte, wusste ich, was zu tun war.

»Ich weiß, wie wir zu dem Geld kommen können.«

Er schaute mich verwundert an. »Wie denn?«, fragte er. Dann sah er, dass ich den Kettenanhänger immer noch in der Hand hielt.

»Du willst doch wohl nicht das einzige Stück, das dich an deine leibliche Mutter erinnert, für uns verkaufen?«

»Genau das habe ich vor. Ihr seid jetzt meine Familie. An meine richtige Mutter kann ich mich überhaupt nicht mehr erinnern, und wenn er uns helfen kann, warum nicht? Ihr seid mir viel wichtiger als dieses Ding.«

»Ich weiß nicht«, sagte er. »Wenn Mama mitbekommt, dass du ihn geopfert hast, regt sie sich bestimmt wieder auf, und du weißt ja inzwischen, wie sie sich in eine Sache hineinsteigern kann.«

»Sie muss es ja gar nicht erfahren. Komm, gib dir einen Ruck, es wird schon klappen. Unsere Eltern dürfen es erst erfahren, wenn wir das Geld haben und der Aufbau der Scheune losgeht. Die werden Augen machen, glaubst du nicht auch?«

Ich ließ Andy keine Zeit für eine Antwort. »Allerdings musst du dich um alles kümmern. Als Erstes bringst du in Erfahrung, was es kostet, dann rufst du Herrn Olsen an, bestellst ihn zu mir ins Krankenhaus, und dann schauen wir, ob er uns so viel Geld dafür bezahlt, wie wir brauchen. Und zum Schluss musst du noch eine Firma beauftragen, die es übernimmt. Kriegst du das hin?«

Andy wusste nicht, was er sagen sollte. »Bist du dir wirklich sicher, dass du das tun willst?«, fragte er schließlich. »Denn ist der Anhänger erst einmal verkauft, werden wir ihn nie wieder zurückbekommen, das muss dir klar sein.«

»Spar dir deine Reden«, sagte ich und drückte seine Hand. »Ich bin mir ganz sicher.«

»Okay«, sagte er und blinzelte. Irrte ich mich, oder hatte er Tränen in den Augen? Er räusperte sich. »Dann mach ich mich mal auf den Weg. Viel zu erledigen.«

Als Andy am nächsten Tag wieder im Krankenhaus war, berichtete er mir, dass er alles so weit erledigt hatte und dass Herr Olsen auch gleich vorbeikommen wollte. »Er war völlig aus dem Häuschen, als ich ihm erzählte, dass du dich von dem Schmuckstück trennen möchtest.«

»Weiß er auch, wofür wir das Geld brauchen?«, wollte ich wissen.

»Ja, ich habe ihm alles erzählt.«

Wir hatten das Gespräch noch nicht ganz beendet, als es an der Tür klopfte. »Herein!«, rief ich und Herr Olsen trat ein.

Er schaute uns freundlich an und gab uns die Hand. Dann wollte er von Andy wissen, was die Wiederinstandsetzung kostet. »Ist Ihnen der Anhänger so viel wert?«, wollte ich wissen. Als er ihm die Summe nannte, verzog er keine Miene.

»Er ist mir sogar noch mehr wert.«

Herr Olsen nahm sein Scheckheft und stellte einen Scheck aus, den er Andy gab. Als er darauf schaute, wurden seine

Augen weit. Noch bevor er etwas sagen konnte, klopfte Olsen ihm auf die Schulter und sagte: »Ist schon gut, mein Junge.«

Ich gab ihm den Anhänger.

»Denken Sie bitte daran, dass unsere Eltern noch nichts davon erfahren dürfen; das müssen Sie versprechen.«

Er nickte, nahm den Anhänger und reichte uns zum Abschied noch einmal die Hand, bevor er das Zimmer verließ.

»Nun kann es endlich losgehen«, sagte ich glücklich. »Bevor du nach Hause fährst, kannst du die Firma mit dem Bau beauftragen. Denk aber daran, dass sie damit erst anfangen, wenn auch ich wieder zu Hause bin. Die überraschten Gesichter unserer Eltern will ich mir nicht entgehen lassen.«

Zwei Tage danach wurde ich aus dem Krankenhaus entlassen. Unsere Eltern holten mich ab, und ich freute mich sehr, dass es nun endlich wieder nach Hause ging. Zur Vorsicht hatte ich mir ein Halstuch umgebunden, damit nicht sofort auffiel, dass der Anhänger fehlte.

Als wir den Weg zum Haus hochfuhren, sah ich, dass Andy auf der Veranda saß. Max war bei ihm. Unsere Eltern halfen mir wieder in den Rollstuhl und schoben mich zu ihnen. Als Max mich sah, kam er freudig bellend auf mich zu. Er sprang an mir hoch, so wie er es immer tat, und ich streichelte seinen Kopf.

»Ich freu mich auch, dich zu sehen«, sagte ich zu ihm. Dann stand auch Andy schon vor mir und nahm mich zur Begrüßung in den Arm.

Als wir draußen saßen, konnte ich das ganze Ausmaß der Zerstörung durch das Feuer erkennen. Die Scheune war restlos abgebrannt, und auch der Zaun des Reitplatzes war durch die Flammen vernichtet worden. Hier hatte Vater schon angefangen, die Einzäunung zu erneuern.

»Die Scheune muss erst mal warten«, sagte er. »Die Pferde müssen eben eine Weile auf der Weide bleiben.«

Als er das Wort ›Pferde‹ in den Mund nahm, schaute ich automatisch zur Koppel und sah sie dort friedlich grasen.

»Komm, wir gehen in die Küche und bereiten etwas zu essen vor, damit unsere Tochter endlich wieder etwas Vernünftiges zwischen die Zähne bekommt«, schlug Mama vor.

»Danke, Mama, gute Idee!« Als sie das Wort ›Mama‹ wieder hörte, strahlte sie mich aus vollem Herzen an. Dann ging sie ins Haus.

Andy grinste. »Erstaunlich, du kannst das magische Wort also doch aussprechen.«

»Natürlich«, antwortete ich, »und es ist auch gar nicht so schwer, wie ich immer gedacht habe.«

Andy erzählte mir, dass es unserer Mutter sehr nahegegangen war, dass ich ›Mama‹ zu ihr gesagt hatte. »Wie lange hat sie schon darauf gewartet! Natürlich hatte sie Angst, dass du es nur gesagt hast, weil du unter Schock standst.«

»So ein Blödsinn. Aber vielleicht brauchte ich eine so dramatische Situation, um es auszusprechen.«

Andy hörte auf zu grinsen und nickte.

»Wann geht es nun endlich los, wann kommen die Arbeiter, um die Scheune aufzubauen? Nun sag schon«, drängelte ich.

»Morgen früh ist es so weit, und überlege dir bitte bis dahin, wie du alles erklären willst.«

»Keine Sorge, ich weiß schon, was ich sagen werde.«
Nebenbei fragte ich ihn, ob Amigo in der Lage sei, zwei
Personen auf seinem Rücken zu tragen.

»Vertrauen muss da sein«, antwortete er. »Warum willst du
das wissen?«

»Ach, nur so«, sagte ich und er fragte nicht weiter.

Nach dem Essen fuhren wir zu Amigo, und es war sehr schön
für mich, ihn wieder zu berühren. Auch er schien es zu
genießen.

»Kannst du mich morgen schon ganz früh wecken, damit wir
vor unseren Eltern wach sind?«, bat ich Andy. »Ich glaube,
dass es am besten ist, wenn wir als Erste da sind, wenn die
mit dem Baumaterial anrücken.«

»Mach ich«, sagte er, und wir fuhren wieder zurück zum Haus.
Abends saßen wir gemeinsam am Kamin, und ich genoss es
sehr, alle wieder um mich zu haben.

22

Am nächsten Morgen klopfte es schon sehr früh an meine Tür.
Als ich ›Herein‹ rief, kam Andy gut gelaunt ins Zimmer.

»Weckkommando! Na los, beeil dich«, drängelte er.

Schnell zog ich mich an. Gemeinsam gingen wir auf die
Veranda und hielten Ausschau nach den Leuten mit dem
Baumaterial. Unsere Eltern lagen noch im Bett.

Nach nur kurzer Wartezeit rollte der erste Lastwagen auf den
Hof. Unsere Eltern hatten sich immer noch nicht blicken
lassen. Danach folgten noch zwei weitere Fahrzeuge, und bei

dem Krach, den sie machten, war es nur eine Frage der Zeit, bis sich irgendein Elternteil blicken ließ.

Wie auf Kommando kamen sie völlig aufgeregt nach draußen gelaufen.

»Was ist denn hier für ein Krach?«, hörte ich Mama schimpfen.

»Was geht hier vor? Andy, sag schon, was los ist?«, herrschte sie ihn an.

»Ich kann nichts dafür«, sagte er kleinlaut, »frag lieber sie.«

Mama schaute mich an, und an ihrem Blick konnte ich erkennen, dass sie explodieren würde, wenn sie nicht sofort erfuhr, was hier los war. Vater stand neben ihr, hatte bisher aber noch nichts gesagt. Allerdings wäre er bei ihrer Aufregung ohnehin nicht zu Wort gekommen.

»Andy hat mir im Krankenhaus erzählt, dass wir kein Geld für den Aufbau der Scheune haben. Ich war im Besitz von etwas, das mir nichts bedeutet, aber es gab jemanden, der dafür viel Geld zahlen wollte. Also machte ich mit dieser Person ein Tauschgeschäft. Sein Geld gegen das, was er haben wollte. Ein ganz normales Geschäft eben …«

Und noch bevor ich aussprechen konnte, um was es sich handelte, nahm Mama mir mein Halstuch ab und sah, dass ich den Anhänger nicht mehr um den Hals trug.

»Wie konntest du das nur zulassen?«, schimpfte sie Andy aus.

»Er kann nichts dafür, lass ihn in Ruhe«, sagte ich. »Er hat versucht mir auszureden, den Anhänger zu verkaufen, aber du weißt ja, dass ich einen sehr großen Dickkopf habe. Und warum sollte er mich auch davon abhalten? Mir hat der Schmuck nichts bedeutet – und da, wo er jetzt ist, wird er geliebt. Mir ist meine Familie wichtiger. Ihr seid mein Leben –

anders als meine leibliche Mutter, die mich weggegeben hat. Ihr wart immer für mich da. Ihr habt bisher so viel für mich getan – nun kann auch ich endlich etwas für euch tun.«

Und noch bevor ich in Deckung gehen konnte, umarmten und küssten unsere Eltern mich. Sie drückten mich so fest an sich, dass es sich anfühlte, als würde ich jeden Moment ersticken. »Ich kriege keine Luft mehr«, japste ich.

»Das hast du dir selber eingebrockt. Familienmitglieder, vor allem solche, die, ohne an sich zu denken, etwas für die Familie tun, werden bei uns immer so behandelt. Du solltest dich also schnell daran gewöhnen«, sagten sie lachend.

Während wir frühstückten, schauten wir zu, wie die Arbeit an unserer Scheune begann. Mehrmals täglich machten Andy und ich uns auf den Weg zu den Arbeitern, um ihnen Verpflegung zu bringen und um nachzufragen, ob es Probleme beim Aufbau gab.

Es dauerte nicht lange und die Scheune war wieder hergerichtet. In meinen Augen war sie viel schöner als die frühere. Die Pferdeboxen waren größer und heller, und alles wirkte irgendwie schöner auf mich. Sicher lag es daran, dass alles neu war.

Am Abend, als alles fertig war, saßen wir zusammen am Kamin und stießen auf die Fertigstellung mit einem Glas Sekt an. Immer wieder erklärten unsere Eltern mir, wie dankbar sie seien, dass ich das alles für sie getan hatte. Und da sie das die ganzen letzten Tage gesagt hatten, ging es mir so langsam auf die Nerven.

»Ich muss noch einmal los«, sagte ich und verließ das Haus. Auf die Frage, wohin ich wollte, gab ich keine Antwort. Ich konnte nur noch hören, wie Mama sagte: »Ich glaube, ich weiß schon, wohin sie will, lasst sie nur.«

Ich machte mich auf den Weg zu meinem Lieblingsort, denn ich musste allein sein. Nur Max war wie immer bei mir. Wieder stellte ich meinen Rollstuhl so, dass ich ins Tal schauen konnte. Ich war froh, alleine zu sein. Die Sonne begann unterzugehen und es war wieder ein wunderschönes Schauspiel. Da hörte ich, dass sich jemand näherte. Es war Mama.

»Darf ich zu dir kommen?«, fragte sie, und ich nickte. »Wusste ich doch, dass du hierhin wolltest. Musstest wohl den Kopf wieder freikriegen. Ich weiß, wir überfordern dich manchmal mit unserer Zuneigung, aber wir sind so froh, dass du bei uns bist. Gehen lassen wir dich bestimmt nicht mehr, damit musst du jetzt leben.«

»Ich glaube, das krieg ich hin«, antwortete ich.

Sie stellte sich hinter meinen Rollstuhl und legte ihre Hände auf meine Schultern. »Ist es nicht wunderschön, wie die Sonne hinter den Bergen untergeht?«

»Ja«, sagte ich, und wir standen einfach nur da und genossen das Naturschauspiel.

»Darf ich dich etwas fragen?«, sagte ich nach einer Weile.

»Natürlich, schieß los.«

»Steht das Angebot mit dem Vertrauensbeweis noch?«

»Natürlich!«, antwortete sie.

»Mir ist da etwas eingefallen, und es würde mich sehr freuen, wenn du es machen würdest.«

»Okay, was soll ich tun?«

»Das kann ich dir jetzt noch nicht sagen, aber es wäre schön, wenn ihr morgen zum Reitplatz kommen würdet, wenn ich mit Amigo und Andy trainiere. Dann sage ich dir alles. Und falls du Andy fragen willst, um was es geht, muss ich dich enttäuschen: Auch er weiß nicht, worum es geht.«

»Ich versteh nicht so genau, was du damit meinst.«

»Warte bis morgen ab«, sagte ich, »dann wirst du es schon sehen.«

Sie gab mir ihr Wort, und wir machten uns auf den Weg zurück nach Hause.

23

Wie versprochen erschienen unsere Eltern am Vormittag auf dem Reitplatz, als wir mit Amigo trainierten.

»Was machen die denn hier?«, fragte Andy. Er schaute mich an. »Hast du eine Ahnung, was sie wollen?«

»Ja, Mama löst ihr Versprechen bei mir ein.«

»Was für ein Versprechen denn?«, wollte er wissen.

»Sie sagte einmal zu mir, dass sie mir vertraut, und dass sie auch alles dafür tun würde, es mir zu beweisen. Und jetzt ist sie da, um ihr Versprechen einzulösen.«

»Was hast du vor?«

Aber ich sagte nichts.

Andy zog hörbar die Luft ein. »Du willst doch wohl nicht, dass sie sich mit dir auf Amigo setzt!«

Ich starrte stur geradeaus.

»Oh, jetzt verstehe ich auch die Frage, ob ein Pferd zwei Reiter tragen kann ... Glaubst du, sie macht das? Sie wird ihr Versprechen dir gegenüber halten, aber wie sie das findet, dafür wieder auf ein Pferd steigen zu müssen, kann ich dir nicht sagen.«

Ich legte den Finger auf den Mund, damit er aufhörte zu sprechen.

»Da sind wir«, sagte Mama. »Nun lass mal hören, was du vorhast.«

»Es wäre schön, wenn ihr zu mir auf den Reitplatz kommen würdet.«

Sie taten es.

Dann wandte ich mich an Andy. »Gib Amigo bitte das Kommando, dass er sich hinlegt.« Gesagt getan, Amigo lag, und Mama schaute mich immer noch verwundert an.

Ich streckte ihr meine Hand entgegen. »Vertraust du mir, vertraust du mir wirklich?«, wollte ich wissen. »Wenn du dir nicht sicher bist, lassen wir es.«

»Ich bin mir sicher, egal was du von mir verlangst.«

»Ich möchte, dass du dich hinter mich auf Amigo setzt.«

»Was?«, entfuhr es ihr überrascht.

»Du hast schon richtig gehört: Ich möchte, dass du dich zu mir auf Amigo setzt.«

Sie wechselte Blicke mit Andy und Vater.

»Wir helfen dir«, erboten sie sich sofort.

Amigo lag ganz ruhig, als ob er genau wüsste, dass es jetzt darauf ankam, keinen Fehler zu machen. Vater nahm sie an die Hand und führte sie zu uns.

»Ganz langsam«, sagte Andy beruhigend, »du schaffst das schon.«

Sehr vorsichtig setzte Mama sich hinter mich und schloss ihre Arme um meinen Körper.

»Halt dich an mir fest, vertrau mir – es wird dir nichts passieren.«

Andy gab Amigo die Anweisung zum Aufstehen. Er erhob sich, und ich merkte, wie der Druck von Mamas Armen immer stärker wurde. Ich spürte, dass sie Angst hatte.

»Alles in Ordnung?«, wollte ich wissen, und sie gab ein leises ›Ja ...‹ von sich.

Andy setzte Amigo in Bewegung, und ich spürte Mamas Anspannung. Doch je länger Andy uns führte, umso mehr ließ der Druck ihrer Umarmung nach. Ich spürte, wie sie mit jedem Schritt lockerer wurde und freute mich.

Nach mehreren Runden stieg Mama ab und Andy ließ ihn sich wieder hinlegen. Als ich in ihr Gesicht blickte, sah ich, wie sehr es ihr gefallen hatte.

Vater half mir vom Pferd und setzte mich wieder in meinen Rollstuhl.

»Danke«, sagte ich zur ihr.

»Nein, ich habe zu danken«, erwiderte sie, und ihre Stimme zitterte leicht. »Ohne dich hätte ich nie den Mut gefunden, meine Angst zu überwinden, mich wieder auf ein Pferd zu setzen. Es war für mich ein unbeschreibliches Gefühl, es wieder unter mir zu spüren.«

»Das Gefühl kenne ich gut«, sagte ich.

Andy kam mit Amigo zu uns herüber. Ich schaute sie alle drei an und streckte meine Hand aus. Andy ergriff sie als Erster, dann Vater, und zum Schluss nahm Mama unsere Hände. Ohne ein Wort zu sagen, wussten wir alle, dass wir nun endlich eine richtige Familie waren. All die Höhen und Tiefen hatten uns zusammengeschweißt. Wir konnten uns gegenseitig vertrauen. Und das war die beste Basis für eine gemeinsame glückliche Zukunft.

Teil 2

Weitere Abenteuer

mit Amy

1

Wenn ich so zurückdenke, war die letzte Zeit doch recht aufregend und turbulent. Erst habe ich eine neue Familie bekommen, und nach anfänglichen Schwierigkeiten haben wir uns richtig gut zusammengerauft, und ich möchte sie nicht mehr missen. Endlich habe ich das, was ich mir immer gewünscht habe. Dann gibt es da noch Max und Amigo, ohne die ich mir mein Leben nicht mehr vorstellen kann. Sie sind neben meiner Familie zum wichtigsten Teil meines Lebens geworden. Dann der erste Ritt und das überwältigende Gefühl, das er bei mir ausgelöst hat. Ich hatte bis dahin nie gedacht, dass man so etwas Großartiges empfinden kann. Und das Feuer! Was hatten wir für ein Glück, dass nicht noch mehr passiert war! Eigentlich reicht das jetzt erst mal an Aufregungen.

2

»Hey, was soll das, warum kneifst du mich in die Seite?«

»Ich wollte nur mal schauen, ob du noch auf diesem Planeten bist. Du starrst die ganze Zeit auf die Weide. Da ist doch überhaupt nichts zu sehen. Die Pferde sind im Stall. Du hast doch noch nicht einmal mitbekommen, dass ich gekommen bin. Was ist denn los?«, wollte Andy wissen.

»Ich habe gerade in meinem Kopf die letzte Zeit Revue passieren lassen. War schon einiges, was da so passiert ist.«

»Da hast du recht, aber wir haben doch alles gut gemeistert.«

»Stimmt, aber das reicht erst mal fürs Erste.«

»Ja, richtig«, sagte Andy lachend.

»Ach, bevor ich es vergesse: Unsere Eltern haben den Vorschlag gemacht, dass wir heute mal alle zusammen ausreiten könnten. Hast du Lust?«

»Meinst du denn, ich bin schon so weit? Ein Ausritt ist etwas anderes, als nur seine Runden auf dem Reitplatz zu drehen.«

»Das schaffst du schon. Ich werde noch zusätzlich einen Strick an Amigos Trense befestigen. Glaub mir, das wird gut klappen, und außerdem ist es viel schöner, im Gelände zu reiten. Und auf dem Pferderücken kann man unsere schöne Gegend hier sehr genießen. Ist wirklich ein besonderes Erlebnis, so die Natur zu entdecken.«

»Okay, dann lass uns schon mal die Pferde fertigmachen. Kommst du mit, Max?«

Als er das hörte, gab er ein freudiges ›Wuff‹ von sich, sprang auf, und wir machten uns gemeinsam auf den Weg zur Scheune.

Dort angekommen begrüßte Amigo uns schon mit einem lauten Wiehern. Ich fuhr zu seiner Box, öffnete sie und streichelte seinen Kopf. Max hielt wie immer einen gewissen Sicherheitsabstand zu ihm.

»Komm, jetzt trau dich endlich, er tut dir schon nichts.«

Max schaute mich misstrauisch an. Rappelte sich dann aber auf und kam langsam auf uns zu. Vorsichtig näherte er sich ihm. Doch als dieser ihn mit seinem Maul berührte, gab Max Fersengeld und flüchtete aus der Scheune.

»Du Feigling!«, rief ich lachend.

»Was ist denn mit dem Hund los? Der ist gerade an uns vorbeigestürmt, als wenn der Teufel hinter ihm her wäre«, fragte Mutter grinsend.

»Ach, nichts Besonderes. Amigo ist ihm nur zu nahe gekommen, aber irgendwann wird auch er begreifen, dass er ihm nichts tut.«

»Wie weit bist du mit den Pferden?«, wollte Mutter von Andy wissen.

»Ihr seid mir die Richtigen. Wollt reiten, aber nichts dafür tun«, sagte Andy ironisch. »Eure Pferde müssen noch geputzt werden; ich kann schließlich nicht zaubern.«

»Ist ja schon gut, wir machen unsere Tiere selbst fertig. Wir wollen unseren Herrn Sohn nicht überfordern.«

Ich konnte erkennen, als Mutter ihr Pferd putzte, wie gut es ihr tat, wieder Kontakt zu ihm zu haben. Immer wieder schmiegte sich ihr Schimmel an, und sie streichelte ihn dann ausgiebig.

Andy hatte sich neben mir auf einem Strohballen niedergelassen und schaute dem Treiben unserer Eltern zu.

»Sie genießt es, wieder mit ihm zusammen zu sein, das kann man richtig sehen«, flüsterte er.

»Stimmt«, erwiderte ich.

»Was wird da getuschelt?«, rief Mutter.

»Nichts«, stotterten Andy und ich gleichzeitig, aber an ihrem Gesichtsausdruck konnten wir sehen, dass sie uns nur ärgern wollte.

»So, jetzt kann es gleich losgehen. Mach Amigo doch schon mal fertig und bring ihn nach draußen. Dann kannst du Amy schon einmal auf ihr Pferd verfrachten. Bis dahin haben wir die anderen drei fertig und kommen zu euch«, sagte Vater.

»Gut, dann kann es ja endlich losgehen.«

Wir machten uns auf den Weg. Von Max war weit und breit nichts zu sehen, und obwohl ich ihn mehrmals rief, tauchte er nicht wieder auf.

»Der Schock war wohl doch zu groß für den Armen«, sagte Andy, und ich stimmte ihm nickend zu.

3

Auf dem Reitplatz angekommen, verlief alles wie immer. Andy brachte Amigo in die Mitte, gab ihm das Kommando zum Hinlegen, half mir aus dem Rollstuhl und brachte mich zu ihm. Da wir inzwischen ein so gut eingespieltes Team waren, dauerte es nicht lange, bis ich auf ihm saß. Dann sahen wir auch schon, dass unsere Eltern mit den anderen drei Pferden kamen. Kurz bevor Andy auf sein Ross stieg, befestigte er noch den Strick an Amigos Trense, und nun konnte es endlich losgehen.

Ich war etwas nervös, denn es war für mich das erste Mal, dass ich meine Reitkünste außerhalb des Reitplatzes zum Besten geben durfte, aber die Freude darüber, dass wir endlich mal alle vier einen Ausritt machten, war größer als meine Angst.

»Wo soll es denn hingehen?«, fragte Andy neugierig.

»Ich denke, wir reiten erst einmal an den Weiden entlang. Wir wollen Amy ja nicht gleich überfordern. Da ist alles ziemlich eben. Dann wollen wir noch unsere neuen Nachbarn besuchen. Das liegt auf dem Weg. Sie sind vor zwei Monaten hierher gezogen, aber wir hatten bisher noch keine Zeit, sie zu begrüßen. Sie haben übrigens eine Tochter.«

Als wir an der Farm ankamen, saßen die neuen Nachbarn draußen. Als sie uns sahen, kamen sie direkt auf uns zu.

»Guten Tag. Sie müssen unsere Nachbarn sein. Wir sind Familie Smith.«

»Das stimmt, wir wohnen nicht weit von ihnen entfernt.«

»Sie brauchen nicht ›Sie‹ zu uns zu sagen. Ich bin Tom, meine Frau heißt Paula, und das ist unsere Tochter Kimberly.

Kommen Sie doch mit auf die Veranda, da können wir gemeinsam ein Glas Limonade zu uns nehmen.«

»Das ist sehr nett. Wir sind Ben, Mary, Andy und Amy.«

»Bindet eure Pferde doch neben dem Haus an. Da stehen sie etwas im Schatten, und eine Tränke befindet sich dort auch.«

»Gut, das machen wir.«

Meine Eltern und Andy waren bereits abgestiegen.

»Mädchen, du musst auch absteigen. Dein Pferd passt nicht auf unsere Veranda«, sagte Tom freundlich zu mir.

Ich schaute ihn verärgert an, und gerade als ich etwas sagen wollte, ergriff Mutter das Wort.

»Also, sie kann nicht so einfach absteigen«, erwiderte sie.

Tom schaute sie fragend an, und noch bevor er etwas fragen konnte, erklärte Mutter ihm, dass ich nicht alleine absteigen kann, weil ich auf den Rollstuhl angewiesen bin. »Wir müssen erst dafür sorgen, dass Amigo sich hinlegt, und dann können wir sie vom Pferd heben.«

Ich fühlte mich nicht wohl in meiner Haut, denn Tom bestaunte alles sehr genau, was vor sich ging.

Doch dann kam seine Frau auf ihn zu und sagte ihm in einem sehr energischen Ton, dass er ihr kurz in der Küche helfen müsse, damit man den Gästen einen kleinen Snack anbieten könne.

Ihr glaubt gar nicht, wie dankbar ich dafür war, dass sie ihren Mann mit ins Haus nahm. Ich lächelte ihr zu, und sie erwiderte mein Lächeln. Kimberly folgte ihren Eltern.

Nachdem Amigo lag, hob Vater mich vom Pferd, trug mich auf die Veranda und setzte mich auf einen Stuhl. Andy und Mutter brachten die Pferde weg und waren schnell wieder bei uns.

Dann gesellten sich unsere Gastgeber mit ein paar kleinen Snacks und kühler Limonade zu uns.

Kimberly setzte sich direkt neben Andy und rutschte dabei so dicht an ihn heran, dass sie ihm fast auf dem Schoß saß.

»Greift nur ordentlich zu. Reiten macht schließlich hungrig«, sagte Tom.

Schnell kam man ins Gespräch. Die Erwachsenen redeten über alles Mögliche, wovon ich nur die Hälfte mitbekam.

»Kimberly ist aber ein schöner Name«, sagte Andy freundlich und über beide Ohren grinsend zu ihr.

»Was sollte das denn jetzt?«, dachte ich.

»Mir ist Kim lieber«, erwiderte sie und strahlte dabei über das ganze Gesicht.

»Aber Andy ist auch ein sehr schöner Name.«

»Und was ist mit Amy? Ist der nicht auch schön? Warum erwähnt den keiner?«

Ich hatte immer mehr das Gefühl, dass ich im falschen Film war und schaltete völlig ab.

Erschrocken zuckte ich zusammen, als Mutter mir auf die Schulter klopfte und sagte, dass wir aufbrechen wollten. Eine bessere Nachricht hätte sie mir nicht bringen können.

»Wann sehen wir uns denn wieder?«, wollte Andy von Kimberly wissen.

»Du kannst mich jederzeit besuchen. Ich freue mich schon darauf«, gab sie mit verliebter Stimme von sich.

»Super! Das lass ich mir nicht zweimal sagen. Ich komme schneller, als du denkst.«

»Jetzt müssen wir aber los, sind schon spät dran«, sagte ich mit barscher Stimme, denn ich konnte dieses Süßholzgeraspel nicht mehr hören.

»Wenn du es schaffst, dich loszueisen, könntest du mal die Pferde holen«, brachte ich mich grimmig in das Gespräch der beiden Turteltauben ein.

Als Andy meinen erbosten Blick sah, machte er auf dem Absatz kehrt, rief nur noch: »Bis bald, wir sehen uns«, und eilte zu den Pferden.

Vater nahm mich auf den Arm, um mich zu Amigo zu tragen, und gerade als Tom sich fasziniert das Schauspiel anschauen wollte, wie meine Familie mich aufs Pferd bekam, zog seine Frau ihn erneut am Arm zurück ins Haus. War ich ihr dafür wieder dankbar!

»Das sind aber nette Leute«, gab Vater auf dem Rückweg von sich. »Ich denke, die werden wir öfter besuchen. War doch ein wirklich netter Nachmittag, oder wie seht ihr das?«

»Da hast du recht. Wir können sie ja mal zu uns einladen. Dann laden wir noch ein paar andere Nachbarn ein, und sie können sich alle gegenseitig ein wenig beschnuppern. Am besten machen wir einen netten Grillnachmittag daraus«, erwiderte Mutter.

»Das ist eine gute Idee. So machen wir es. Wir können zu Hause direkt mal die Planung vornehmen, wen wir alles dazu einladen.«

»Ist euch aufgefallen, dass Familie Smith eine sehr nette und hübsche Tochter hat, stimmt doch, Andy?«

Andy wurde rot und schaute Mutter verwirrt an, weil sie ihn so direkt auf Kimberly ansprach. Bevor er antwortete, schaute er mich an, und als er erkannte, dass ich immer noch gereizt aussah, sagte er gar nichts.

Den restlichen Rückweg ritten wir stumm nebeneinander her, und ihr könnt mir glauben, wie froh ich war, als ich wieder auf der Farm war. Als Andy mich in den Rollstuhl verfrachtet hatte, machte ich mich direkt auf den Weg zur Veranda, denn ich hatte keine Lust, über Kimberly zu sprechen.

Dort lag Max in einer Ecke und schaute mich an. Sofort rollte ich zu ihm hinüber. Freudig sprang er an mir hoch.

»Sei froh, dass du nicht mit warst.«

Max schaute mich bei diesen Worten verwundert an.

Kurze Zeit später gesellte sich meine Familie zu mir. Als ich Andy anschaute, sah ich immer noch diesen verliebten Blick in seinen Augen.

»So toll ist die nun auch nicht«, dachte ich.

Andy wusste nicht, wie er reagieren sollte, als ich ihn so grimmig anschaute. Also ergriff er die Flucht und ging ins Haus.

»Du bist doch wohl nicht eifersüchtig?«, wollte Mutter von mir wissen.

»So ein Quatsch, wieso sollte ich?«

»Weil du, so wie es aussieht, jetzt nicht mehr alleine Andys Herzdame bist.«

»So ein Blödsinn!« Aber an meiner bebenden Stimme konnte ich selber erkennen, dass sie nicht so ganz unrecht mit ihren Worten hatte.

»Ich dreh noch eine Runde«, rief ich, setzte meinen Rollstuhl so schnell wie möglich in Bewegung und ergriff die Flucht. Ich hatte überhaupt keine Lust auf eine Kimberly-Diskussion, und so wie ich unsere Mutter kannte, wusste ich genau, dass sie darüber sprechen wollte. Max sprang sofort hoch und folgte mir.

Wieder einmal machte ich mich auf den Weg zu meinem Lieblingsplatz, in der Hoffnung, dort abschalten zu können. Aber trotz des schönen Panoramas, das sich vor mir erstreckte, konnte ich nicht abspannen.

»Ob er dieses Mädchen mehr mag als mich?«, fragte ich zu Max, aber eigentlich stellte ich mir diese Frage selbst. Als er diese Worte hörte, sprang er an mir hoch.

»Dass du mich gern hast, weiß ich doch«. Als ich das sagte, bellte er leise auf.

Doch auf einmal sprang er zur Seite und fing an zu knurren.

»Was ist los?«

Er bellte laut auf, jedoch war das nicht das Bellen, das ich sonst von ihm kannte. Irgendetwas machte ihn nervös, aber ich wusste nicht, was es war.

Als er nicht aufhörte, sich so seltsam zu benehmen, bekam ich es mit der Angst zu tun.

»Komm, wir fahren nach Hause.«

Ich schlug sofort den Rückweg ein, aber mein Hund stand wie angewurzelt da und bellte weiter.

»Los jetzt, komm schon«, sagte ich in einem viel härteren Ton als sonst zu ihm, und er folgte widerwillig.

Ich bemühte mich, so schnell wie möglich nach Hause zu kommen, denn mir war wegen Max´ Verhalten etwas unwohl in meiner Haut.

Als ich ins Haus kam, saß Mutter auf dem Sofa. Sie hatte die Gewohnheit immer noch nicht abgelegt, aus lauter Sorge um mich zu warten.

»Alles okay?«, fragte sie besorgt.

Ich antwortete nicht.

»Jetzt rede schon, irgendetwas ist passiert, das sieht man doch.«

Schließlich erzählte ich ihr von dem Vorfall.

»Er hat bestimmt ein anderes Tier gehört.«

»Ich habe aber nichts gehört.«

»Hier sollen in der Gegend wilde Hunde herumstreunen. Vielleicht hat er einen davon gewittert.«

»Sind die gefährlich?«, wollte ich sofort wissen.

»Das kann ich dir nicht sagen. Kann aber gut sein, und deshalb möchte ich auch nicht, dass du vorerst abends alleine mit Max losziehst.«

Ich schaute sie wütend an, sagte aber nichts.

Dafür kannte ich sie inzwischen gut genug, um zu wissen, dass eine Diskussion jetzt nichts bringen würde. Also verabschiedete ich mich und machte mich auf den Weg in mein Zimmer.

Als ich im Bett lag, konnte ich natürlich wegen der Ereignisse des Tages nicht einschlafen. Immer wieder durchkreuzte Kimberly meine Gedanken, und das regte mich auf. So sehr ich mich bemühte, diesen Namen aus meinem Kopf zu streichen, war er wieder da. Dann noch die wilden Hunde, die mich beunruhigten – aber irgendwann schlief ich dann doch darüber ein.

4

Als Max und ich am Morgen in die Küche kamen, war der Rest der Familie schon da.

Andy brachte nur ein zaghaftes ›Hallo‹ hervor.

Mutter kam direkt auf mich zu, nahm mich wie immer in den Arm und küsste mich auf die Stirn.

»Gut geschlafen?«, fragte sie gut gelaunt.

»Geht so«, gab ich etwas brummig von mir und schaute dabei zu Andy.

»Ich habe Vater erzählt, was gestern Abend passiert ist, und er glaubt auch, dass Max einen dieser Hunde gewittert hat. Die treiben sich seit Kurzem hier in der Gegend herum und haben sogar schon ein paar Schafe gerissen.«

»Was? Das darf doch nicht wahr sein«, sagte ich entsetzt.

»Und deshalb geht ihr beiden abends erst einmal nicht mehr los. Ich weiß nicht, ob Max so einem Hund gewachsen ist. Du musst mir das versprechen.«

»Okay, ich verspreche es«, sagte ich, aber es klang nicht überzeugend.

»Was liegt heute an?«, fragte ich Andy.

Er schaute mich unsicher an, sagte dann, dass er heute viel zu tun habe und deshalb keine Zeit für mich hätte.

»Was hast du denn so viel zu tun? Hast wohl was Besseres vor, als dich mit deiner Schwester abzugeben«, sagte ich erbost und merkte, wie die Eifersucht wieder in mir aufkam.

»Musst wohl zu deiner Kimberly?«

Ich merkte, dass er noch unsicherer wurde, aber er sagte nichts.

Vater merkte das auch und lenkte ein.

»Wir haben Familie Smith versprochen, dass wir ihnen heute etwas zur Hand gehen. Auf ihrer Farm muss noch vieles repariert werden, und da sind vier Hände mehr immer gut. Wir versorgen jetzt noch schnell die Tiere und sind dann auch schon weg.«

Schnell sprang Andy auf. »Ich gehe schon mal in die Scheune«, meinte er, und ich hatte das Gefühl, dass er mir aus dem Weg gehen wollte. Besser gesagt, er flüchtete vor mir.

»Na, das kann ja mit euch noch lustig werden«, gab Vater von sich und folgte ihm.

»Das heißt ja dann wohl, dass heute ein Frauentag ansteht. Was willst du machen?«, wollte Mutter von mir wissen.

»Das weiß ich jetzt noch nicht«, erwiderte ich patzig. Ich hatte keine Lust auf einen Mutter-Tochter-Tag.

»Also, ich muss nachher in die Stadt und treffe dort Herrn Olsen. Vielleicht hast du ja Lust mitzukommen? Er freut sich bestimmt, wenn er dich mal wieder sieht.«

»Mama, ich habe dir doch gerade gesagt, dass ich das nicht weiß.«

Ich merkte, wie in mir immer mehr Wut hochkam, weil Andy heute seinen ganzen Tag mit Kimberly verbrachte.

Als sie meinen Tonfall hörte, ließ sie mich sofort in Ruhe.

Dann hörten wir ein Hupen. Unsere Männer machten sich also auf den Weg.

Ich griff mir zwei Äpfel und verließ die Küche.

»Fahre zu Amigo«, rief ich, und schon war ich weg. Max war natürlich an meiner Seite.

Als ich an der Weide ankam, begrüßte er mich wie immer freudig und kam zum Gatter. Ich reichte ihm einen Apfel, und er verspeiste ihn genüsslich.

Und dann konnte ich meine schlechte Laune nicht mehr zurückhalten. Ich redete mir meinen ganzen Frust über Kimberly von der Seele. Und als ob Amigo alles genau verstanden hätte, streckte er seinen Kopf zu mir herunter und schmiegte sich an mich. Sogar Max näherte sich, trotz seiner Pferdeangst, und legte sich direkt neben meinen Rollstuhl.

Ich wischte mir die Tränen aus dem Gesicht.

»Was würde ich nur ohne euch beide machen?«, fragte ich mit undeutlicher Stimme.

»Naja, was soll´s, da muss ich jetzt wohl durch.«

Ich reichte Amigo seinen zweiten Apfel, streichelte ihn noch einmal ausgiebig und fuhr dann wieder zurück.

Irgendwann tauchte Mutter auf und schaute mich fragend an, sagte aber nichts.

»Ist ja gut, ich komme mit.«

»Dann wollen wir mal los«, sprudelte es aus ihr heraus.

Wir fuhren also in die Stadt und trafen uns mit Herrn Olsen in einem Café. Mutter und er hatten wieder geschäftlich miteinander zu tun. Ich verspeiste während ihres Gespräches genüsslich ein Eis, und als das Geschäftliche erledigt war, wollte Herr Olsen natürlich von mir wissen, was ich seit unserem letzten Treffen so alles erlebt hatte. Er fragte dies und das, und ich merkte gar nicht, wie schnell die Zeit verging, und zu meiner großen Freude dachte ich auch kein einziges Mal an Kimberly.

»Jetzt müssen wir aber los«, sagte Mutter. Wir verabschiedeten uns und machten uns auf den Rückweg.

»Kannst du mir einen Gefallen tun?«, fragte sie mich.

»Natürlich, was denn?«

»Könntest du Andy nachher bitte in Ruhe lassen und ihn nicht immer mit deinen strafenden Blicken durchbohren. Für ihn ist das im Moment alles nicht leicht. Ich glaube, er ist zum ersten Mal richtig verliebt, aber natürlich gibt er das nicht zu. Er will dir nicht wehtun, denn ob du es glaubst oder nicht, du bist ihm viel wichtiger als Kimberly.«

»Und wie soll ich deiner Meinung nach reagieren?«

»Benimm dich wie sonst, lach mit ihm. Ihr hattet doch bisher auch viel Spaß miteinander. Sei nicht so verkrampft in seiner Gegenwart, denn das macht ihn nur noch unsicherer, als er sowieso schon ist. Kriegst du das hin?«

»Versprechen kann ich es nicht, aber ich werde es versuchen.«

»Damit gebe ich mich jetzt erst einmal zufrieden. Schau, die Männer sind bereits da; der Wagen steht vor der Tür. Jetzt kannst du gleich zeigen, dass du es versuchst.«

5

Als wir aus dem Wagen stiegen, saßen unsere Männer draußen.

»Wie war euer Tag?«, rief ich ihnen freundlich zu. »Hat alles geklappt?«

Gerade als ich die Veranda hochfahren wollte, kam Andy mir entgegen.

»Muss mich noch um die Pferde kümmern«, sagte er kurz angebunden.

»Kann ich mitkommen?«

Verwundert schaute er mich an. »Natürlich, wenn du Lust hast.«

»Klar, sonst hätte ich doch nicht gefragt.«

Er holte die Pferde von der Weide. Während er sie in der Scheune versorgte, fragte er mich nach meinem Tag aus, und ich bewies Feingefühl und sprach ihn nicht auf Kimberly an, worüber ich mich selbst wunderte.

Wir gingen in diesem Moment wieder so locker miteinander um wie sonst und lachten sogar.

»Können wir morgen vielleicht etwas gemeinsam mit Amigo machen?«, wollte ich wissen.

Andy schaute mich an. »Wir fahren morgen früh noch mal zu den Smiths rüber. Müssten aber mittags zurück sein. Wenn du dann noch Lust hast, mit mir was zu machen, können wir das gerne tun.«

»Hätte ich sonst gefragt?«, sagte ich grinsend.

Andy grinste zurück, und ich merkte, dass seine ganze Anspannung und Unsicherheit auf einen Schlag verschwunden war.

Als Mutter uns so gut gelaunt ins Haus kommen sah, zwinkerte sie mir zu. Ich hob den Daumen und blinzelte zurück.

Wir aßen noch gemeinsam etwas, und dann machte ich mich direkt auf den Weg in mein Zimmer, da ich ja versprechen musste, abends nicht mehr alleine loszuziehen.

Ich schaute aus meinem Fenster, und schnell überkam mich die Langeweile.

Der Besuch an meinem Lieblingsplatz war inzwischen so etwas wie ein Dauerrückzugsort geworden.

»Bald darfst du bestimmt wieder los«, redete ich mir gut zu. Schließlich machte ich mich bettfertig und schlief dann auch irgendwann ein.

Als ich am Morgen wieder in die Küche rollte, rief ich gut gelaunt: »Guten Morgen!«

Andy strahlte mich an und gab ein ebenso gut gelauntes ›Guten Morgen‹ von sich.

»Wir müssen jetzt schon los. Bleibt es bei unserem Date heute Mittag?«

»Na klar, freu mich schon.«

»Dann bis später!« Und schon waren sie weg.

»Geht doch!«, sagte Mutter zu mir.

»Hast ja recht, war gar nicht so schwer.«

Der Vormittag ging mir natürlich nicht schnell genug um. Immer wieder fuhr ich von der Veranda auf die Weide, dann wieder zurück, dann ins Haus, bis Mutter endlich ein Machtwort sprach. Daraufhin verzog ich mich in mein Zimmer und langweilte mich fast zu Tode.

Bald darauf konnte ich schwach die Hupe des Wagens hören und machte mich so schnell wie möglich auf nach draußen.

»Kann es losgehen?«, bestürmte ich Andy.

»Na klar, los zur Weide und Amigo holen.«

War das schön, wieder mit den beiden etwas auf dem Reitplatz zu machen! All der Frust der letzten Tage fiel von mir ab.

Und immer noch durchströmte mich dieses Glücksgefühl, wenn ich auf dem Pferd saß.

Obwohl ich es inzwischen regelmäßig ritt, war es für mich immer noch etwas ganz Besonderes, einen kleinen Teil seiner Bewegungen unter mir zu spüren.

Als wir abends gemeinsam in der Küche saßen, konnte man mir ansehen, wie sehr ich diesen gemeinsamen Nachmittag mit Andy genossen hatte.

6

Die Tage vergingen, und ich hatte immer noch das Verbot, meinen Lieblingsort aufzusuchen. Doch als ich eines Abends wieder auf der Veranda saß und in die Ferne blickte, sagte Vater nur zu mir: »Nun hau schon ab!«

Verwundert schaute ich ihn an.

»Die letzten Tage sind keine toten Schafe mehr aufgetaucht, und man hat auch keine Spuren mehr von den Viechern gesehen. So wie es aussieht, sind sie weitergezogen. Du brennst doch darauf loszuziehen. Also ab, bevor ich es mir noch anders überlege.«

Das ließ ich mir nicht zweimal sagen. »Komm, Max, los geht's!«

War das schön, mal wieder ins Tal zu schauen und der Sonne zuzusehen, wie sie langsam unterging.

Doch auf einmal sprang Max auf, stellte seine Nackenhaare auf und fing an zu knurren.

Ich nahm kaum wahr, dass ein Hund aus dem Gebüsch sprang und sich mir mit gebleckten Zähnen näherte. Ich war wie erstarrt.

Max stürzte sich auf den Angreifer. Die beiden Hunde waren in eine wilde Beißerei verwickelt. Ich konnte so schnell gar nicht realisieren, was um mich herum geschah.

Doch dann löste sich meine Erstarrung. Ich schaute mich um, ob ich irgendetwas finden konnte, womit ich auf den Angreifer einschlagen konnte. Aber es war nichts zu sehen. Ich brüllte ihn an, aber auch darauf reagierte er nicht. »Was soll ich noch versuchen, um ihn von Max abzulenken?«, fragte ich mich verzweifelt, aber leider fiel mir nichts weiter ein. Auf einmal jaulte der andere Hund auf. Es hörte sich grauenhaft an. Er löste sich von Max und flüchtete ins Gebüsch.

»Gut gemacht, Max, du hast ihn in die Flucht geschlagen.«

Max schaute mich an.

»Was ist los mit dir?«

Ich hatte noch nicht richtig ausgeredet, da brach er vor meinen Füßen zusammen.

Erst jetzt konnte ich sehen, dass sein ganzer Körper von blutigen Stellen übersät war. Immer wieder schnappte er nach Luft, und ich sah, dass er am ganzen Körper zitterte.

»Max, du darfst nicht sterben! Ich brauche dich doch!«, schrie ich panisch. »Komm, ich helfe dir, du musst wieder aufstehen.«

Ich stupste ihn an, aber er reagierte nicht. Ich nahm seinen Kopf in meine Hände und schaute ihm direkt in die Augen.

»Steh auf, bitte, steh wieder auf«, flehte ich ihn mit bebender Stimme an und konnte meine Tränen nicht mehr zurückhalten.

Wir schauten uns direkt in die Augen, und dann schlossen sich seine für immer.

»Max, nein, tu mir das nicht an!«

Ich stupste ihn immer kräftiger an, aber es kam keine Reaktion von ihm.

Ich war so entsetzt, dass ich kein Wort mehr herausbrachte.

Meine Hände fingen an zu zittern, und vor lauter Tränen konnte ich so gut wie nichts mehr sehen.

Auf einmal fasste mich jemand von hinten an die Schulter, und ich schrak zusammen.

»Was ist denn hier passiert? Amy, bitte rede mit mir! Was ist los?«

Ich drehte mich um und schaute direkt in Mutters Augen.

»Max ist tot«, sagte ich mechanisch. »Er hat mir das Leben gerettet und jetzt ist er tot.«

Mutter kniete sich neben mich und legte meine zitternden Hände in ihre.

»Jetzt mal ganz langsam, was soll das heißen, er hat dein Leben gerettet?«

Ich schaute sie an, brachte aber kein weiteres Wort heraus.

»Ist schon gut«, sagte sie mitfühlend, und an ihrer Stimme konnte ich hören, dass auch sie mit den Tränen kämpfte.

»Komm, ich bring dich erst mal nach Hause.«

»Ohne Max gehe ich hier nicht weg.«

»Natürlich nehmen wir ihn mit. Du glaubst doch nicht, dass wir ihn hier liegen lassen.«

Behutsam hob sie ihn auf meinen Schoß. Ich drückte ihn ganz fest an mich, in der Hoffnung, dass er vielleicht doch noch ein Lebenszeichen von sich geben würde. Ich streichelte ihn auf dem ganzen Rückweg, und die Tränen rannen unaufhörlich über mein Gesicht.

Ich schaffte es, ihr auf dem Rückweg Bruchstücke der Geschehnisse zu erzählen, und je mehr ich berichtete, desto mehr nahm das Zittern meiner Hände zu. Doch dann bekam ich um mich herum nicht mehr viel mit.

Als wir auf die Veranda fuhren, kamen Andy und Vater auf uns zugerannt.

»Was ist passiert?«, fragte Andy besorgt.

»Nicht jetzt«, ermahnte Mutter ihn.

»Ich erkläre euch später alles. Ich bringe Amy jetzt erst mal zu Bett und bleibe die Nacht bei ihr. Ich glaube, das ist besser.«

»Max bleibt auch bei uns. Ich will, dass er die Nacht bei uns bleibt.«

»Ist schon gut, er schläft bei uns«, sagte Mutter sanft und streichelte mir dabei über den Kopf.

Mutter half mir ins Bett und legte Max direkt neben meinem Bett auf eine Decke. Dann ging sie auf die andere Seite des Bettes, legte sich direkt neben mich und umschloss mich mit ihren Armen.

»Versuch, irgendwie zu schlafen«, sagte sie liebevoll.

»Das kann ich nicht«, gab ich weinend mit brüchiger Stimme von mir. Und je länger ich meinen leblosen Max sah, desto mehr ertrank ich in meinen Tränen und zitterte immer mehr.

»Versuch, dich zu beruhigen, ich bin ja bei dir.«

Ich schaute noch lange auf meinen geliebten Hund, aber irgendwann bin ich dann doch über meiner Trauer eingeschlafen.

Als ich morgens wach wurde, saß Mutter neben mir auf der Bettkante. Als ich sie aus meinen tränenverquollenen Augen ansah, ergriff sie erneut meine Hände.

»Geht es dir etwas besser?« Bei diesen Worten fing ich wieder an zu weinen.

»Ist schon gut.«

Ich schaute auf den Boden.

»Wo ist Max? Was habt ihr mit Max gemacht?«

»Andy hat ihn mit nach draußen genommen. Er kann doch nicht hier liegen bleiben, das ist dir doch wohl klar.«

»Ich möchte mich aber noch von ihm verabschieden.«

»Das sollst du auch. Dein Bruder hat hinter der Scheune schon ein Grab ausgehoben, da können wir Max beerdigen, und du kannst ihn dann immer besuchen, wenn dir danach ist.«

»Danke«, mehr brachte ich nicht heraus.

»Wenn du dich so weit fühlst, komm heraus, dann beerdigen wir ihn. Das ist das Mindeste, was wir für Max tun können.«

7

Wie in Trance zog ich mich an und fuhr zur Scheune. Der Rest meiner Familie war bereits versammelt.

Ich konnte sehen, dass mein Hund auf einem Tuch lag.

»Ich dachte mir, du wolltest ihn vielleicht noch mal sehen«, sagte Andy zu mir, und ich merkte, dass auch er mit den Tränen kämpfte.

»Darf ich ihn bitte noch mal streicheln?«

»Sicher«, und schon hob er den toten Körper hoch und legte ihn mir ein letztes Mal auf den Schoß. Ich berührte sein Fell und konnte immer noch nicht begreifen, dass er mich nie wieder mit seinen treuen Augen anschauen würde.

»Lass es uns hinter uns bringen«, brachte Mutter sich ein.

Andy nahm mir Max vom Schoß, wickelte ihn in das Tuch und legte ihn in das Loch.

Ich fuhr mit meinem Rollstuhl direkt dorthin und schaute nach unten. Als Mutter das sah, kam sie zu mir und stellte sich hinter mich. Sie legte ihre Hände auf meine Schultern und gab mir damit etwas Halt.

Andy buddelte die Grube zu und stellte ein Kreuz auf.

»Wann hast du das denn gemacht?«, fragte ich verwundert.

»Heute Morgen. Ich hoffe, es gefällt dir.«

Mir fehlten die Worte. Ich konnte nur zaghaft nicken.

Dann kam Vater auf mich zu. Erst jetzt sah ich, dass er Blumen in der Hand hielt. »Hier, die sind aus dem Garten. Leg du sie ihm aufs Grab.«

Mit zitternden Händen griff ich danach und legte sie auf Max´ letzte Ruhestätte. Dann übermannten mich wieder meine Tränen.

»Kann ich was für dich tun?«, wollte Andy wissen.

»Lasst mich bitte alle in Ruhe. Ich will alleine sein.« Und schon setzte ich meinen Rolli in Bewegung und fuhr Richtung Weide.

Ich hörte nur noch, wie Mutter zu ihm sagte: »Lass sie alleine, das ist im Moment besser. Sie muss erst mal mit dieser Situation klarkommen. Hab einfach ein Auge auf sie, aber bedränge sie nicht.«

»Okay, das ist kein Problem. Ich habe heute einiges in der Scheune zu erledigen. Von dort aus kann ich sie sehen.«

»Gut, wir gehen zurück ins Haus. Von da haben wir sie auch im Blick, aber sie darf auf keinen Fall das Gefühl bekommen, dass wir sie beobachten. Kennst sie ja; dann macht sie sofort dicht und lässt keinen mehr an sich heran. Sie muss von alleine auf uns zukommen, wenn sie uns braucht.«

An der Koppel angekommen, stellte ich mich an den Zaun und schaute starr in die Ferne. Ich merkte gar nicht, dass auf einmal Amigo vor mir stand. Er stupste mich an.

»Ach, geh weg. Ich will nicht mit dir spielen.«

Erneut stupste er, und diesmal stieß ich ihn weg.

»Lass mich in Ruhe. Ich habe keine Lust.« Als er das hörte, zog er beleidigt von dannen.

Ich machte mich zurück auf den Weg zur Veranda. Dort stellte ich mich so, dass ich die Pferde sehen konnte.

»Was hast du da eigentlich gerade gemacht? Du stößt deinen einzigen Freund weg. Amigo kann doch am wenigsten dafür«, ging es mir durch den Kopf.

Schnell fuhr ich in die Küche, griff mir einen Apfel und fuhr wieder zurück zur Weide. Ich machte das Gatter auf. Amigo schaute mich beleidigt an und unternahm keinen Versuch, zu mir zu kommen.

»Jetzt stell dich nicht so an. Schau mal, ich habe dir auch etwas mitgebracht.«

Er spitzte die Ohren, blieb aber nach wie vor wie angewurzelt stehen.

»Na gut, dann komme ich eben zu dir.«

Ich setzte den Rollstuhl in Bewegung, was sich als gar nicht so einfach auf dem unebenen Boden herausstellte. Amigo schaute sich alles nach wie vor in Ruhe an.

»So, da bin ich.«

Ich streichelte ihm den Hals.

»Musst nicht mehr beleidigt sein. Du bist doch jetzt der einzige Freund, den ich habe. Schau mal, ich habe dir auch etwas zur Versöhnung mitgebracht.«

Ich hielt ihm den Apfel hin.

»Lass es dir schmecken.«

Man konnte gar nicht so schnell schauen, wie er nach ihm schnappte.

Schmatzend kaute er auf ihm herum. Er streckte seinen Kopf zu mir herunter. Ich nahm ihn in den Arm und drückte ihn fest an mich. Er hielt ganz still, und schon wieder musste ich mit den Tränen kämpfen. Ich weiß nicht, wie lange ich da so gesessen hatte, aber auf einmal stand Andy neben mir.

»Was willst du? Ich habe doch gesagt, dass ich alleine sein will«, blaffte ich ihn an.

»Ich will nicht lange stören. Wollte nur fragen, ob du was essen möchtest. Ich hole mir nämlich etwas. Ich habe einen Bärenhunger.«

»Ich will nichts essen.«

»Habe ich mir fast gedacht. Keine Sorge, ich bin auch schon wieder weg.«

Und ohne noch irgendetwas zu sagen, verließ er uns.

Ich drehte mich um und sah, dass er sich auf der Veranda zu unseren Eltern setzte.

Mutter winkte mir zu, aber ich ignorierte sie völlig.

Dann konnte ich erkennen, dass sie sich angeregt unterhielten. Ich war mir sicher, dass ich das Hauptthema war, aber auch das war mir egal.

Amigo stupste mich erneut an. »Keine Sorge, ich habe dich nicht vergessen.«

Wieder nahm ich seinen Kopf in meinen Arm und drückte ihn an mich.

»So, jetzt muss ich mich mal wieder bei den Eltern blicken lassen. Ob ich das will oder nicht. Ich kann nur hoffen, dass sie mich nicht mit Fragen löchern.«

Ich machte mich wieder Richtung Tor auf, und er trottete treu und brav neben mir her. So, als ob er mir Geleitschutz bieten wollte. Ich klopfte ihm den Hals. »Bis später.« Er gab ein leises

Wiehern von sich, und ich machte mich auf den Weg zu meiner Familie.

Als ich auf der Veranda ankam, saßen sie noch alle zusammen. Ich sagte nur ›Hallo‹ zu ihnen und fuhr direkt in mein Zimmer, und zu meiner großen Überraschung versuchte keiner, mich aufzuhalten.

Ich legte mich auf mein Bett und starrte an die Decke. Aber das half mir nicht besonders dabei, meinen Schmerz zu unterdrücken. Denn je mehr ich Löcher in die Luft starrte, umso mehr holte mich die Erinnerung an Max ein. Ich erinnerte mich wieder genau daran, wie wir ihn aus dem Sack befreit hatten und ich ihn dann gesund gepflegt hatte. Was er immer für einen Spaß hatte, wenn er hinter den Rindern herjagen konnte oder einfach nur, wenn er abends bei mir am Fußende einschlief, und wieder liefen mir Tränen über das Gesicht. Ich hätte nie gedacht, dass ein Mensch so viel weinen kann. Ich wischte mir über die Wangen und setzte mich in meinen Rollstuhl. Ich musste einfach raus. Die Stille in diesem Zimmer erdrückte mich.

Als ich auf die Veranda kam, war nur noch Mutter draußen. Sie schaute mich an, sagte aber auch diesmal nichts, und dafür war ich ihr sehr dankbar.

Ich machte mich auf den Weg zu meinem Lieblingsplatz. Ich weiß, ich bin verrückt, dass ich da noch mal hinfuhr, denn hier würden mich mit absoluter Sicherheit die Erinnerungen an den grausamen Abend schneller einholen, als es mir lieb war, aber ich musste einfach noch mal hin.

Dass vielleicht noch irgendwo der streunende Hund herumlungerte, war mir egal.

Ich stellte mich direkt an die Stelle, wo Max vor mir zusammengebrochen war. Im Gras konnte man noch Blutspuren sehen. Ich bückte mich und berührte sie.

Dann fuhr ich ganz dicht an den Abgrund und schaute hinunter. Ich kann euch nicht sagen, wie lange ich da saß. Ich hatte jegliches Zeitgefühl verloren. Als es anfing zu dämmern, trat ich den Rückweg an. Doch bevor ich zurück ins Haus fuhr, machte ich noch einen kurzen Abstecher an Max´ Grab. Ich wollte ihm einfach gute Nacht sagen. Als ich um die Ecke der Scheune bog, sah ich, dass Mutter dort stand.

»Da bist du ja endlich.«

Ich hörte in ihrer Stimme tiefe Besorgnis.

»Ich lasse euch dann mal allein.«

»Nein, bleib ruhig hier, es stört mich nicht«, sagte ich, und so standen wir wortlos nebeneinander und starrten auf die Ruhestätte.

»So, ich geh jetzt mal wieder ins Haus.«

»Warte, ich komm mit. Tschüss, Max, bis morgen«, sagte ich, und so machten wir zwei uns auf den Weg zurück.

»Möchtest du noch etwas essen? Ich kann dir noch schnell was machen. Du hast doch den ganzen Tag noch nichts gegessen.«

»Nein, ich habe keinen Hunger«, druckste ich rum.

»Aber irgendetwas hast du doch auf dem Herzen, raus mit der Sprache.«

Ich schaute sie verlegen an.

»Nun los, ich beiße nicht.«

»Könntest du heute Nacht noch einmal bei mir schlafen? Ich möchte nicht alleine sein.«

Sie schaute mich an, kam auf mich zu, nahm mich wortlos in den Arm, und ich fühlte mich wieder wunderbar geborgen.

»Geh schon mal vor, ich komme gleich nach. Ich werde nur deinem Vater Bescheid sagen, dass ich bei dir schlafe. Nicht, dass er mich auf die Vermisstenliste setzt, wenn mein Bett leer bleibt.«

Also fuhr ich schon einmal in mein Zimmer und machte mich bettfertig. Es dauert nicht lange, und es klopfte an der Tür.

»Komm rein.«

Und wie selbstverständlich machte sie es sich neben mir im Bett bequem, rückte ganz dicht an mich heran und umschlang mich wieder mit ihren Armen.

»Versuch ein bisschen zu schlafen«, sagte sie zu mir, und erstaunlicherweise schlief ich schnell ein.

Mitten in der Nacht schreckte ich schweißgebadet hoch.

»Was ist los?«, hörte ich Mutter sagen. »Hast du schlecht geträumt?«

»Ich habe Max wieder gesehen, wie er vor mir zusammengebrochen ist. Es war so real.« Und erneut hatte ich meine Tränen nicht unter Kontrolle.

»Lass es raus, und wenn du mal mit jemandem über den Vorfall sprechen willst, bin ich für dich da.«

»Jetzt auch?«

»Natürlich, auch jetzt.«

Und so fing ich an zu erzählen, wie sich alles an diesem Abend zugetragen hatte. Ich musste immer wieder Pausen einlegen, weil mich meine Tränen übermannten und mir die Stimme versagte. Mutter hörte nur zu, ohne mich zu unterbrechen. Sie hielt mich während der ganzen Geschichte im Arm und gab mir damit wieder diese Geborgenheit. Als ich fertig war, fühlte ich mich wunderbar erleichtert.

»Versuch jetzt noch etwas zu schlafen«, sagte sie zu mir. Ich schloss meine Augen und schlief ein.

Am Morgen wurden wir vom Klopfen an meiner Tür geweckt, und Vater stand mit einem Tablett voll Frühstück im Zimmer.

»Ich dachte mir, wir drei frühstücken zusammen.«

»Und wo ist Andy?«, wollte ich wissen.

»Der ist schon unterwegs und fährt die Zäune ab, hat heute viel zu tun.«

»Ich habe keinen Hunger, und eigentlich wäre ich auch gerne allein.«

»Gut, ich mach dir einen Vorschlag: Wir lassen dich heute Vormittag in Ruhe, und dafür wird am Nachmittag etwas gemacht. Wir können irgendwo hinfahren. Du musst doch langsam mal auf andere Gedanken kommen, und ein Nein akzeptiere ich nicht.« Damit war für Mutter die Sache erledigt.

8

Den ganzen Vormittag gammelte ich in meinem Zimmer herum, aber nun musste ich mich langsam aufraffen, wenn ich nicht riskieren wollte, dass Mutter in meinem Zimmer stand und ein Donnerwetter losließ, weil ich immer noch nicht draußen war.

Also machte ich mich auf den Weg zur Veranda. Vater und Mutter saßen schon dort und warteten auf mich.

»So, was möchtest du unternehmen?«, wollte Vater von mir wissen, aber ich zuckte nur mit den Schultern.

»Was hältst du von Reiten, oder wir fahren in die Stadt und geben etwas Geld aus.«

»Ach, ich weiß nicht, ich habe zu beidem keine Lust. Können wir nicht hierbleiben und etwas machen?«

An meiner Lustlosigkeit hatte sich immer noch nichts geändert. Ich wollte einfach nur dasitzen und in die Gegend schauen.

»Das kommt gar nicht infrage, also entweder Geld ausgeben oder reiten, du musst dich entscheiden.«

»Na gut, dann eben reiten.«

»Das habe ich mir fast gedacht, und deswegen habe ich Amigo auch schon geputzt. Ich dachte, wir machen eine kleine Runde durchs Gelände. Ich führe dich, dann siehst du mal wieder etwas anderes.«

»Na gut, wenn es sein muss.« Und noch bevor ich irgendwelche Einwände vorbringen konnte, schnappte Vater sich meinen Rollstuhl und fuhr mich ohne Umwege in die Scheune. Es dauerte nicht lange, bis ich auf Amigo saß, und wir machten uns auf den Weg. Und ich musste mir eingestehen, dass es eine gute Idee war, nach draußen zu gehen.

Als wir wieder zurück waren, kam Mutter uns aufgeregt entgegengelaufen.

»Was meinst du, wer uns am Wochenende besuchen will?«

»Keine Ahnung, aber ich bin mir sicher, du wirst es uns gleich sagen.«

»Deine Heimleiterin kommt am Sonntag vorbei. Na, was sagst du dazu? Ihr habt euch doch immer gut verstanden.«

Ich zuckte mit den Schultern. Sicher hatten wir uns gut verstanden, aber ich hatte wirklich keine Lust einen lustigen Kaffeeklatsch. Da es jedoch schon beschlossene Sache war, konnte ich daran nichts ändern.

Nun war der besagte Sonntag da. Wir saßen alle auf der Veranda und warteten auf unseren Besuch.

Da sah ich auch schon den Wagen die Einfahrt hochfahren. Als die Heimleiterin aus dem Auto stieg, winkte sie bereits. Ich holte einmal tief Luft und redete mir ein, dass ich diesen Nachmittag schon überstehen würde.

Freudig kam sie zu uns, nahm uns alle in den Arm und herzte uns. Ich machte gute Miene zum bösen Spiel und ließ alles über mich ergehen.

»Ach, Andy, kannst du mir einen Gefallen tun? Ich habe noch etwas für Amy im Wagen. Kannst du es bitte holen?«

»Kein Problem«, war die Antwort, und schon machte er sich auf den Weg. Als er zurückkam, traute ich meinen Augen nicht. Er hatte einen Hund auf dem Arm.

»Bevor du jetzt etwas sagst, lass mich bitte ausreden. Ich weiß, Max ist erst seit ein paar Tagen tot, und der Kleine wird ihn auch nicht ersetzen können, aber wir dachten uns, das ist ein guter Anfang für euch beide.«

»Ich will keinen neuen Hund, ich will Max, könnt ihr das nicht verstehen?«

»Schau ihn dir doch wenigstens mal an.«

»Nein, lasst mich doch einfach alle in Ruhe!«, rief ich und flüchtete in mein Zimmer.

Aus dem Augenwinkel sah ich, dass Andy mir folgen wollte.

»Lass sie. Sie wird sich schon beruhigen«, sagte Mutter zu ihm.

Nach einer guten Stunde klopfte es an meiner Tür.

Auf mein ›Herein‹ betrat meine Heimleiterin das Zimmer. Sie setzte sich zu mir ans Bett und drückte mir den Hund in den Arm.

»Ich fahre nicht eher zurück, bis du ihn dir wenigstens angeschaut hast. Er ist der Letzte aus seinem Wurf. Seine Geschwister sind alle bereits vermittelt. Ihn wollte keiner haben, weil er zwei verschiedene Augenfarben hat. Er ist wirklich ein netter Kerl. Ich weiß, er wird Max nie ersetzen können, aber er kann dir ein guter Freund sein. Gib dir einen Ruck!«

Naja, er war wirklich niedlich, aber ich wusste nicht, ob ich schon wieder für einen neuen Hund bereit war.

»So, ich muss jetzt los. Ich komme bald wieder vorbei, um zu schauen, wie es euch geht«, und noch bevor ich etwas sagen konnte, war sie aus meinem Zimmer verschwunden.

Ich betrachtete den Hund genau und fand seine zweifarbigen Augen sehr schön. Sie gaben ihm eine ganz besondere Ausstrahlung. Er fing an, an meinem Finger zu knabbern.

»Lass das, es kitzelt«, sagte ich zu ihm. Er schaute mir direkt in die Augen, und das Eis war gebrochen.

Ich überlegte und sagte dann: »Wenn du jetzt schon einmal hier bist, brauchst du einen Namen. Ich nenne dich Nick. Ja, Nick ist gut.«

Ich stieg in meinen Rollstuhl und wollte meiner Familie seinen Namen mitteilen. Sie saßen noch alle auf der Veranda.

»Du hast dich also entschieden, ihn zu behalten?«, wollte Andy von mir wissen.

»Ich hatte ja keine andere Wahl«, beschwerte ich mich.

»Es hätte schlimmer kommen können, und er ist doch echt süß. Er wird noch ein Stück wachsen, und ich bin mir sicher, dass er uns richtig auf Trab halten wird. Wie heißt er denn?«

»Ich habe ihn Nick getauft.«

»Da hast du dir aber einen schönen Namen ausgesucht.«

»Wo soll er eigentlich schlafen?«

»Natürlich bei dir«, antwortete meine Familie im Chor.

»Das habe ich mir gedacht. Dann brauch ich einen Korb, der kommt nicht wie Max ins Bett.«

»Das ist kein Problem. Wir haben noch einen alten in der Scheune. Ich hole ihn sofort. Wenn wir eine Decke reinlegen, hat er es schön gemütlich«, mit diesen Worten machte sich Andy auf in Richtung Scheune.

Ich hatte eine unruhige Nacht, denn Nick wollte nicht in seinem Körbchen bleiben. Immer wieder stand er vor meinem Bett und jaulte, bis es mir zu bunt wurde und ich ihn in mein Bett hob. Er kuschelte sich sofort an mich, und mir wurde klar, dass ich von nun keine Chance mehr hatte, ihn aus meinem Bett zu verbannen.

Die nächsten Monate wurden turbulent, denn Nick hatte nur Blödsinn im Kopf. Überall, wo er etwas ins Maul bekommen konnte, verschleppte er es, und wir mussten alle suchen, bis wir unsere sieben Sachen wieder hatten. Man konnte überhaupt nichts mehr liegen lassen, denn sein Aufräumdrang kannte keine Grenzen. Ebenso hatte er eine besondere Freude daran, überall Löcher zu buddeln, und deshalb musste ich inzwischen sehr genau schauen, wo ich hinfuhr. Schimpfte man dann mit ihm, schaute er einen nur aus seinen großen Augen an, und man konnte ihm einfach nicht mehr böse sein.

Erstaunlicherweise hatte er überhaupt keine Angst vor Pferden. Im Gegenteil, er suchte förmlich den Kontakt. Wenn Amigo sich ihm näherte, leckte er ihm die Nüstern ab. Ich hatte ihn sogar schon auf dem Arm, als ich auf Amigo saß, und das störte ihn auch nicht.

Nick wuchs mir immer mehr ans Herz, und ich konnte gar nicht verstehen, warum ich ihn zuerst nicht haben wollte. Er tat mir gut und half mir über den Schmerz wegen Max hinweg.

Unser aller Leben verlief wieder in normalen Bahnen. Andy war jetzt fest mit Kimberly zusammen und traf sich sehr oft mit ihr, worüber ich nicht begeistert war, aber ich bemühte mich, um des lieben Friedens willen in der Familie den vernünftigen Weg zu gehen. Ich ignorierte sie mehr oder weniger, und da Andy die meiste Zeit bei ihr verbrachte, war das nicht besonders schwer.

9

Eines Tages kam er völlig aufgeregt von einem Besuch bei ihr nach Hause.

»In zwei Wochen ist in der Stadt ein Fest, und da will Kimberly mit mir hin. Willst du nicht auch mitkommen, dann könnt ihr euch endlich mal richtig kennenlernen.«

»Ich will sie nicht kennenlernen«, gab ich von mir.

»Bitte komm mit, tu mir doch den Gefallen. Mir liegt wirklich sehr viel daran.«

»Ich überlege es mir.«

»Das ist kein Nein«, gab er freudig von sich.

Jetzt war es nur noch eine Woche bis zu diesem Fest. Ich freute mich sehr darauf, aber wenn ich mich schon mal auf etwas freute, ging das meistens schief.

Vier Tage vor dem Fest wurden bei uns noch einige Rinder abgeholt, und da diesmal nicht so viele Helfer da waren, musste Mutter mit ran. Ihr fiel diese körperliche Anstrengung sehr schwer, aber sie gab ihr Bestes.

Nicht nur, dass die Arbeit sehr hart war, sondern sie wurden direkt am ersten Tag von einem Regenguss überrascht und bis auf die Haut nass, und da Mutter schon vorher leicht erkältet war, war das bestimmt nicht gut für sie. Dennoch ging sie am nächsten Tag wieder mit auf die Weide und rackerte sich ab. Als wir abends noch zusammensaßen, konnte sie ihre Augen kaum aufhalten. So langsam machte ich mir Sorgen, denn ihr Husten wurde immer stärker.

»Du bleibst besser morgen zu Hause«, ermahnte ich sie.

»Das kann ich nicht machen, die Männer verlassen sich auf mich.«

»Die haben auch nichts davon, wenn du umfällst.«

»Ach, so weit wird es nicht kommen. Ist doch nur noch morgen, das schaffe ich schon. Du musst dir keine Sorgen machen. Ich habe schon ganz anderes überstanden.«

»Du bist alt genug, aber ich halte es dennoch für unvernünftig.«

Und es kam so, wie ich es vermutet hatte: Mutter brach auf der Weide zusammen.

Gut, dass Andy diesmal ausnahmsweise mit dem Auto dort war, denn so konnte er sie schnellst möglichst nach Hause bringen.

»Warum hast du sie nicht gleich ins Krankenhaus gebracht, das ist so unvernünftig von dir. Was ist, wenn sie etwas Ernstes hat?«

Er schaute mich an, sagte aber nichts.

»Hast du wenigstens schon den Arzt von unterwegs angerufen?«

»Ja, das habe ich. Der müsste eigentlich schon hier sein.«

»Sie ist total heiß, und hört nur, wie sie hustet. Was sollen wir denn jetzt machen? Ich mach mir solche Sorgen.«

»Ich glaube, da kommt ein Auto. Ich gehe sofort raus. Das ist bestimmt der Doc.«

Es dauerte nicht lange, bis Andy mit ihm im Zimmer stand. Der Arzt untersuchte Mutter genau und runzelte immer wieder die Stirn.

»Wenn sie uns jetzt nicht sofort sagen, was mit unserer Mutter ist, werde ich richtig sauer.«

»Beruhige dich, Mädchen; so wie es aussieht, hat sie eine Lungenentzündung.«

»Was heißt, so wie es aussieht? Sie sind doch der Fachmann.«

»Eure Mutter braucht jetzt absolute Ruhe. Sie darf das Bett nicht verlassen, und es sollte immer einer in ihrer Nähe sein. Ich lasse euch Medikamente hier, damit das Fieber runtergeht, und ihr müsst dafür sorgen, dass sie die auch nimmt. Egal, wie ihr das anstellt, sie muss sie einnehmen. Es kann auch nicht schaden, wenn ihr zusätzlich ihre Stirn mit kalten Tüchern kühlt.«

»Wäre sie da nicht besser in einem Krankenhaus aufgehoben?«, wollte ich wissen.

»Wenn ihr euch an alles haltet, was ich sage, können wir sie auch hier behandeln. Wenn sich irgendetwas verschlimmert, ruft mich sofort an. Ihr könnt euch Tag und Nacht melden, ist das klar? Ganz wichtig ist, dass ihr sie immer im Auge habt und sie die Medikamente einnimmt.«

»Das kriegen wir hin, wir wechseln uns ab.«

»Ich komme dann morgen früh wieder und schaue nach ihr.«

»Danke, dass Sie so schnell gekommen sind. Ich bringe Sie noch nach draußen«, sagte Andy. Als er wieder da war, stellte ich ihn sofort zur Rede.

»Wir müssen einen Plan machen, und es ist doch wohl klar, dass du nicht mit Kimberly auf das Fest gehst.«

»Wieso nicht? Du und Vater seid doch hier. Da kann ich ruhig gehen.«

»Spinnst du? Unsere Mutter könnte vielleicht sterben, und du willst dich amüsieren.«

»So schlimm ist es doch gar nicht. Mal nicht den Teufel an die Wand.«

»Wenn ich mich richtig erinnere, hast du schon einmal einen geliebten Menschen durch eine Lungenentzündung verloren, oder hast du schon vergessen, woran deine Schwester gestorben ist?«

»Das war doch etwas völlig anderes.«

»Ist das jetzt dein letztes Wort, du gehst zum Fest?«

»Natürlich«, erwiderte Andy trotzig.

»Dann haben wir uns nichts mehr zu sagen. Geh bitte. Ich bleibe bei Mutter, denn mir ist ihre Gesundheit sehr wichtig. Du hast bestimmt auch noch etwas Wichtiges zu tun. Wartet deine tolle Kimberly nicht auf dich?«

»Halt Kimberly da raus. Die hat überhaupt nichts damit zu tun«, zum ersten Mal hatte Andy etwas Bedrohliches in seiner Stimme. So eine Tonlage kannte ich nicht von ihm.

Und so kam es, dass ein Wort das andere gab. Ich wollte nicht nachgeben und er halt auch nicht. Also verließ er laut fluchend das Zimmer und ward nicht mehr gesehen.

»Du musst wieder gesund werden. Ich brauche dich doch.« Immer wieder legte ich ihr die kalten Tücher auf die Stirn.

Am Abend kam Vater ziemlich aufgebracht ins Schlafzimmer. »Wie geht es ihr? Andy war auf der Weide und hat mir Bescheid gesagt, was los ist. Ich konnte leider nicht schneller kommen. Er ist zu Kimberly gefahren und bleibt auch die Nacht über dort. Habt ihr euch gestritten?«

»Das kann man wohl sagen. Ihm ist dieses blöde Fest wichtiger, als hier zu Hause bei unserer Mutter zu bleiben. Wie denkst du darüber?«

»Naja, er ist halt jung. Zum ersten Mal richtig verliebt, und da wir hier sind, ist das doch überhaupt kein Problem.«

»Ich bleibe doch auch hier. Du weißt genau, dass ich auch auf das Fest wollte, aber Mutter ist mir wirklich wichtiger als so eine doofe Veranstaltung.«

»Stimmt, und ich finde es auch ganz toll von dir, dass du dich um sie kümmerst, aber lass Andy ruhig gehen. Wir schaffen das auch alleine.«

»Wenn diese blöde Kuh nicht wär´, hätte er mit Sicherheit auch verzichtet«, meine Stimme bebte, als ich das sagte.

Vater schaute mich nur verwundert an, sagte aber nichts weiter, denn er wusste genau, dass man mich in meiner momentanen Stimmung besser in Ruhe ließ.

»Soll ich dich jetzt ablösen? Du musst doch auch mal etwas schlafen.«

»Auf keinen Fall! Ich bleibe bei ihr. Du musst doch morgen wieder früh raus. Ruh dich aus, ich schaffe das schon. Wir haben nichts davon, wenn auch du noch zusammenklappst.«

»Gut, aber wecke mich bitte, wenn irgendetwas ist.«

»Mach ich, versprochen.«

Ich wachte die ganze Nacht bei Mutter. Hin und wieder fielen mir die Augen zu, aber durch ihre Hustenanfälle schreckte ich immer wieder hoch. Wieder und wieder nahm ich ihre Hände in meine und redete mit ihr. Ihre Stirn fühlte sich immer noch sehr heiß an.

Ganz früh am Morgen kam Vater ins Zimmer. »So, du legst dich jetzt mal etwas hin«, befahl er mir.

»Ich muss erst in ein paar Stunden los. Dann wecke ich dich.«

»Kann ich mich darauf verlassen?«

»Okay, habe ja keine andere Wahl.«

Müde fuhr ich in mein Zimmer. Ich zog mich gar nicht erst um, sondern legte mich mit voller Montur aufs Bett und schlief sofort ein. Nach vier Stunden weckte Vater mich, und ich hatte schwer mit mir zu kämpfen, hochzukommen.

»Geht es wirklich? Wird das nicht zu viel für dich?«

»Keine Sorge, das schaffe ich schon.«

»Ich bin auch schnell da. Ich muss nur noch den Papierkram erledigen. Das sollte nicht lange dauern. Der Arzt war auch schon da und meinte, dass das Fieber langsam runter geht.«

»Das ist ja eine tolle Nachricht. Mit meinem feinen Bruder brauchen wir ja wegen des Festes heute nicht zu rechnen.«

Ich fuhr wieder direkt an ihr Bett, nahm ihre Hände in meine und redete mit sanfter Stimme auf sie ein. Doch irgendwann fielen mir die Augen zu, und als ich zu mir kam, lag ich in meinem Bett.

Verwirrt stieg ich in meinen Rollstuhl und fuhr ins Schlafzimmer. Ich traute meinen Augen nicht. Mein Bruder saß an Mutters Bett und kühlte ihre Stirn.

»Was machst du denn hier?«, wollte ich von ihm wissen.

Er schaute mich an.

»Ich habe mir deine Worte noch mal durch den Kopf gehen lassen. Du hattest recht, so wichtig ist das Fest nun wirklich nicht.«

»Und was sagt deine Kimberly dazu?«

»Sie hatte vollstes Verständnis dafür. Sie ist nicht so schlecht, wie du sie immer machst, und wenn du einfach mal über deinen Schatten springen könntest und nicht so stur wärst, würdest du das auch merken.«

Ich schaute Andy ungläubig an, erwiderte aber nichts.

»Komm, wir tauschen wieder. Es ist doch sicher noch genug auf der Farm zu tun.«

»Willst du mich loswerden?«

»Natürlich nicht, aber es ist doch viel liegen geblieben. Vater müsste auch bald wieder da sein, und zu zweit schafft ihr die Arbeit dann schon. Ich halte hier so lange die Stellung, ist überhaupt kein Problem. Und es wäre schön, wenn du Nick mitnehmen könntest. Der ist die letzten Tage etwas zu kurz gekommen.«

»Gut, mach ich, aber wenn etwas ist, sagst du sofort Bescheid, ist das klar?«

»Zu Befehl«, gab ich grinsend von mir.

Andy ging aus dem Zimmer, schaute sich aber nochmal nach mir um.

»Ist noch was?«

»Ist unser Streit vergessen? Fühlte sich nicht gut an, dass wir so miteinander umgegangen sind. Das darf nicht wieder passieren.«

Ich grinste ihn bei diesen Worten an und musste nichts weiter sagen, denn er verstand auch so, dass ich nicht mehr sauer auf ihn war.

Am Nachmittag kam Kimberly vorbei, um zu schauen, wie es unserer Mutter ging. So lernte ich sie zum ersten Mal richtig kennen, und so wie es aussah, hatte ich ihr tatsächlich unrecht getan.

Sie half mir dabei, den Haushalt etwas auf Vordermann zu bringen, und so kamen wir automatisch ins Gespräch. Anscheinend war sie doch ganz nett, und ich musste mich damit abfinden, dass Andy jetzt eine Freundin hatte und ich nicht mehr allein der Mittelpunkt in seinem Leben war.

10

Mutter ging es von Tag zu Tag besser, aber sie brauchte drei Wochen, bis sie wieder richtig fit war.

Als ich eines Morgens Richtung Küche fuhr, hörte ich sie schon von Weitem schimpfen. Als ich hineinrollte, sah ich, dass Andy zusammengekauert auf seinem Stuhl saß.

»Habt ihr denn die ganze Zeit, als ich krank war, überhaupt nichts im Haushalt gemacht? Schau dir mal an, wie das hier alles aussieht. Kann man sich auf euch überhaupt nicht verlassen?«

Ich fuhr zu Andy hinüber und kniff ihn in die Seite.

»Sie ist ja wieder ganz die Alte, so wie es sich anhört«, sagte ich grinsend.

»Genau so ist es. Vater hat heute Morgen auch schon sein Fett wegbekommen, und du wirst bestimmt auch nicht verschont. Sie läuft nämlich gerade erst richtig zur Höchstform auf. Nick ist auch schon geflüchtet.«

»Das kann mich gar nicht schocken. So ist sie mir lieber. Ich hatte schon gewaltige Angst um sie, als ich sie so hilflos in ihrem Bett gesehen habe. Das möchte ich nicht so schnell noch einmal erleben.«

Ich hatte noch nicht ganz ausgesprochen, da nahm sie sich mich zur Brust.

»So, meine liebe Tochter lässt sich auch mal blicken. Hast du eigentlich überhaupt etwas getan, als ich krank war?«

»Lass mich mal überlegen«, sagte ich frech. »Bis auf das, dass ich Tag ein Tag aus an deinem Bett gesessen habe, mich um dich gekümmert und versucht habe, den Rest der Familie nicht verhungern zu lassen, eigentlich nichts weiter. Reicht das nicht?«, und noch immer musste ich grinsen. Unter normalen Voraussetzungen wäre ich genau wie Andy immer kleiner geworden, aber ich war einfach nur so glücklich, dass sie wieder so wie vorher war.

»Was gibt es da zu schmunzeln?«

»Schön, dass es dir wieder gutgeht. Das haben wir alle so an dir vermisst.« Als sie meine Worte hörte, musste auch sie lächeln.

Sie kam zu uns, wuschelte uns durch die Haare, und wir kamen wieder nicht drum herum, dass sie uns einen Kuss auf die Stirn drückte.

»Danke für alles.«

Ich nahm ihre Hand, schaute ihr direkt in die Augen und meinte zu sehen, dass ihr eine kleine Träne über die Wange lief.

»Dafür ist doch eine Familie da«, sagte ich, und als sie diese Worte hörte, drehte sie sich schnell um und fing wieder an zu werkeln. Ich war mir aber sicher, dass wir nicht sehen sollten, wie nah ihr das alles ging.

»Habt ihr nichts zu tun? Hier kann ich euch im Moment nicht gebrauchen.« Bei diesen Worten nahmen wir unsere Brote mit und verließen die Küche.

»Bis später«, rief ich, aber sie war bereits wieder so damit beschäftigt, alles auf Vordermann zu bringen, dass sie das gar nicht mitbekam.

Auf der Veranda setzten Andy und ich uns erst mal hin und verspeisten unser Essen. Nick kam wedelnd auf uns zu und sprang an mir hoch. Ich streichelte ihn ausgiebig, und er schmiegte sich an.

»Gut, dass sie wieder ganz die Alte ist. Ich hatte schon fast vergessen, wie temperamentvoll unsere Mutter sein kann,» sagte ich zu Andy.

»Oh ja, so wissen wir wenigstens, dass es ihr gut geht.«

»Komm, wir schauen mal nach den Pferden. Und das Sattelzeug müsste auch mal wieder gemacht werden. Lassen wir sie besser bei ihrem Hausputz in Ruhe, da stören wir sowieso nur.«

»Das ist eine gute Idee. Kommst du auch mit?«, fragte ich Nick, und schon sauste er los in Richtung Weide.

»Da hat es aber einer eilig, unserer Mutter zu entkommen«, sagte ich lachend zu Andy, und er stimmte herzhaft in mein Lachen ein.

Irgendwann tauchte Vater in der Scheune auf.

»Habt ihr noch etwas für mich zu tun? Im Haus hält man es nicht aus. Eure Mutter fegt dort wie ein wild gewordener Besen durch.«

»Läuft sie also immer noch auf Hochtouren?«, wollte Andy wissen.

»Und wie.«

Also verbrachten wir drei den Tag in der Scheune, auch wenn eigentlich schon alle Arbeit getan war, aber wir wollten ihr einfach nicht in die Quere kommen.

Irgendwann stand sie in der Scheune.

»Das nennt ihr also arbeiten«, sagte sie, aber an ihrer Tonlage konnten wir erkennen, dass sie völlig entspannt war.

»Ich habe Essen gemacht, habt ihr keinen Hunger?«

»Und wie«, sprudelte es aus Andy heraus, und so machten wir uns gemeinsam auf den Weg zurück zum Haus. Als wir auf die Veranda kamen, sahen wir, dass sie den Tisch schon liebevoll gedeckt hatte. Wir setzten uns, und Mutter holte das Essen. Sie hatte sich wieder einmal selbst übertroffen.

»Schmeckt das gut«, gab Andy schmatzend von sich. »Du glaubst ja gar nicht, was Amy uns so aufgetischt hat.«

Ich stieß ihn in die Seite. »Was soll das denn heißen? Du bist doch nicht verhungert.«

»Aber fast«, gab er lachend von sich, und wir mussten alle automatisch mitlachen.

»Wann soll eigentlich das Fest bei uns stattfinden? Jetzt, wo Mutter wieder fit ist, könnten wir es doch machen«, fragte ich in die Runde.

»Stimmt. Wie wäre es mit dem nächsten Wochenende?«, brachte Andy sich ein. »Wir müssen nur noch überlegen, wen wir alles dazu einladen.«

»Das ist doch nicht schwer. Wir laden Herrn Olsen mit seiner Frau ein. Meine Heimleiterin und ein paar unmittelbare Nachbarn.«

»Und was ist mit Kimberlys Familie?«, wollte Andy wissen.

»Wie konnte ich die nur vergessen«, grinste ich ihn frech an. »Die natürlich auch.«

»Also gut, ich telefoniere morgen gleich rum und lade alle ein. Wird bestimmt ein toller Tag, vor allem, weil wir so etwas schon lange nicht mehr gemacht haben«, sagte Mutter.

»Wenn nichts mehr ansteht, würde ich gerne noch mal eine Runde drehen. Ist das okay für euch?«

»Ja, mach ruhig. Ich habe ja zwei starke Männer für den Abwasch da«, erwiderte Mutter.

»Und was ist mit dir, Nick, willst du mich begleiten?«

Wie selbstverständlich stand er auf und folgte mir. Ich muss euch nicht erklären, wo ich hinwollte. Ich fuhr zwar nicht mehr so oft zu dem besagten Platz wie noch zu Max´ Zeiten, aber hin und wieder hatte ich das Bedürfnis, diesen Ort aufzusuchen.

Wie immer stellte ich mich so, dass ich die untergehende Sonne sehen konnte und fühlte mich wunderbar entspannt. Mutter war wieder gesund, und zum ersten Mal in meinem Leben sollte ich ein richtiges Fest erleben dürfen und freute mich schon jetzt darauf, obwohl noch einige Tage bis dahin vor mir lagen. Nick lag, genau wie damals Max, an meiner Seite und schaute mit mir auf die Berge.

»So, jetzt müssen wir aber zurück«, sagte ich zu ihm, und wir machten uns auf den Rückweg.

Ich brauch euch nicht mehr zu erzählen, wer noch auf dem Sofa saß, als wir ins Haus kamen.

»Na, wie war dein Abend?«, wollte Mutter wissen.

»Sehr schön«, sagte ich knapp und wollte mich schon auf den Weg in mein Zimmer machen.

»Amy, warte bitte noch einen Moment.«

Ich drehte meinen Rollstuhl rum. »Was ist denn noch?«

»Ich wollte mich bei dir für alles bedanken, was du für mich getan hast. Ich hatte während der ganzen Zeit das Gefühl, einen Schutzengel um mich zu haben.«

Als ich diese Worte hörte, schaute ich sie verwundert an.

»Du lagst so apathisch in deinem Bett. Ich hätte nie geglaubt, dass du das mitbekommen hast.«

»Das habe ich, und es hat mir sehr dabei geholfen, wieder gesund zu werden. Das kannst du mir glauben.« Bei diesen Worten wurde mir richtig warm ums Herz.

Und bevor mir aus lauter Gefühlsduselei noch die Tränen kamen, sagte ich nur: »So, jetzt muss ich aber ins Bett, war ein langer Tag«, verabschiedete mich damit und machte mich auf den Weg in mein Zimmer.

Als ich auf meinem Bett lag, lief der Tag wieder wie ein Film vor meinen Augen ab. Nick lag bereits am Fußende und schlief. Wenn ich so zurückdenke, was Mutter und ich am

Anfang für Probleme miteinander hatten und was wir jetzt für eine feste Einheit waren. Einfach nur toll. Wir vertrauten uns blind, und es war wirklich ein schönes Gefühl zu wissen, dass immer einer in meiner Nähe war, auf den ich mich hundertprozentig verlassen konnte. Dies konnte ich zwar auch bei Andy und Vater, aber Mutter und mich verknüpfte ein ganz besonderes Band.

Beim gemeinsamen Frühstück sprachen wir noch einmal über das Fest. Es musste genau durchgeplant werden, denn schließlich wollten viele Leute bewirtet werden.

»Ich brauche deine Hilfe für die Vorbereitungen. Alleine schaffe ich das nicht«, wandte Mutter sich an mich.

»Geht klar. Das kriegen wir hin«, und auch, wenn Hausarbeit nach wie vor nicht zu meinen Lieblingsbeschäftigungen gehörte, freute ich mich darauf.

»Na gut, dann schwing ich mich gleich mal ans Telefon und rufe alle an.«

Als wir abends wieder zusammensaßen, erzählte Mutter uns, dass allesamt zugesagt hatten.

»Ich habe einen alten Schulfreund von mir angerufen, der spielt in einer Band, und er kommt. Was ist schon ein Fest ohne Musik«, sagte Andy.

»Da hast du recht. Das war eine gute Idee«, lobte Vater ihn.

Die Tage bis zur Feier vergingen wie im Flug, und nun war es endlich so weit. Ich durfte mein erstes Fest erleben.

Wir hatten alles hübsch hergerichtet, und die Verpflegung stand auch. Nach und nach kamen unsere Gäste. Nick war völlig aus dem Häuschen, dass auf einmal so viele Menschen da waren. Er wusste gar nicht so genau, wen er zuerst begrüßen sollte. Freudig und schwanzwedelnd sprang er an jedermann hoch, und jeder nahm sich Zeit, ihn zu begrüßen.

Nachdem auch ich unsere Gäste begrüßt hatte, stellte ich mich mit meinem Rollstuhl etwas abseits, damit ich gut beobachten konnte. Unsere Eltern stellten den anderen die Familie Smith vor, und so wie ich erkennen konnte, verstanden sie sich auf Anhieb gut. Auf einmal stand Herr Olsen neben mir.

»Ich möchte dir nun endlich meine Frau vorstellen. Ihr kennt euch ja noch nicht persönlich.«

Sie begrüßte mich freundlich und reichte mir die Hand. Als ich an ihr hochschaute, konnte ich sehen, dass sie meinen früheren Kettenanhänger um den Hals trug. Als sie das bemerkte, nahm sie ihn automatisch in die Hand.

»Du kannst dir gar nicht vorstellen, was du mir damit für eine Freude bereitet hast, dass du ihn meinem Mann überlassen hast. Er bedeutet mir so viel.«

»Das habe ich gerne gemacht. Freut mich, wenn Sie mit ihm glücklich sind.«

»So, jetzt will ich aber mal mit meiner Frau das Tanzbein schwingen. Wir sehen uns nachher und können uns dann noch etwas unterhalten«, und schon zog Herr Olsen seine Frau Richtung Tanzfläche.

Ich traute meinen Augen nicht. Auch unsere Eltern legten eine flotte Sohle aufs Parkett und hatten anscheinend richtig viel Spaß dabei. So ausgelassen hatte ich sie noch nie gesehen.

Nach kurzer Zeit kam meine Heimleiterin zu mir und leistete mir Gesellschaft.

»Du hast dir aber einen schönen Platz ausgesucht. Hier hast du wirklich alles gut im Blick.«

168

»Ich wusste gar nicht, dass unsere Eltern tanzen.«

»Doch, vor dem Reitunfall ihrer Tochter sind sie viel tanzen gegangen, aber das ist dann irgendwie mit der Zeit im Sand verlaufen.«

»Es ist so toll, sie so ausgelassen zu sehen«, antwortete ich.

»Schau mal, jetzt versucht Andy sein Glück. Ich will nicht unhöflich sein. Schließlich ist er dein Bruder, aber ich glaube, der wird kein großer Tänzer. Sieh mal, was für ein Tollpatsch; jetzt hat er seiner Partnerin schon wieder auf die Füße getreten«, und wir amüsierten uns köstlich darüber.

»Was hältst du davon, wenn auch wir das Tanzbein schwingen?«

Verwundert schaute ich sie an. »Wie soll das denn gehen?«

»Lass mich nur machen«, war ihre Antwort, und schon schob sie mich zur Tanzfläche.

Sie drehte meinen Rollstuhl schnell im Kreis, und als das die anderen Tänzer sahen, übernahm jeder einmal die Führung des Rollis und wirbelte mich herum. »Macht das Spaß!« Als Letzter war Andy dran.

Lachend sagte ich zu ihm: »Bei mir musst du keine Angst haben, dass du mir auf die Füße trittst«, und er stimmte herzhaft in mein Lachen ein.

Ich genoss den Tag in vollen Zügen. Aber langsam neigte sich dieser dem Ende zu. Alle bedankten sich noch einmal für das wunderschöne Fest und machten sich dann auf den Heimweg.

»Aufräumen können wir morgen. Kommt, setzen wir uns noch etwas zusammen und lassen den Tag gemütlich ausklingen«, sagte Vater.

Wir stimmten zu und nahmen alle auf die Veranda platz. Nick schleppte sich mehr schlecht als recht hinter uns her, und als er es sich in seiner Ecke bequem gemacht hatte, fielen ihm sofort die Augen zu.

»War wohl etwas viel für den Guten, aber er musste ja auch überall dabei sein. Selber schuld«, kommentierte ich.

»Und wie hat dir das Fest gefallen?«, wollte Mutter von mir wissen.

»Es war einfach großartig!« Ich strahlte von einem Ohr zum anderen.

»Ich glaube, wir gehen jetzt alle mal zu Bett. Es war ein schöner Tag, aber auch ein sehr langer und anstrengender«, sagte Vater gähnend.

Ich fuhr zu Nick, tippte ihn auf den Kopf, aber er wurde davon nicht wach.

»Könnte einer von euch bitte diesen total kaputten Hund in mein Zimmer tragen, damit er nicht hier draußen schlafen muss. Ich glaube nicht, dass ich den heute noch wach bekomme.«

Daraufhin nahm Andy ihn auf den Arm und brachte ihn in meine Stube. Wir riefen noch alle: »Gute Nacht!« und verschwanden dann in unseren Räumen.

11

Am nächsten Morgen sahen wir erst einmal die Auswirkungen unseres rauschenden Festes. Überall lag etwas herum. Gerade als wir mit dem Aufräumen anfangen wollten, kam ein Auto die Auffahrt hoch.

»So wie es aussieht, bekommen wir Hilfe«, sagte Vater erfreut.

Und so war es auch. Tom, Paula und Kimberly stiegen aus dem Wagen und gesellten sich zu uns.

»Dann wollen wir mal«, sagte Tom und spuckte in die Hände. »Los geht's!«

Ich schaute Kimberly an. Wir hatten immer noch nicht so den richtigen Draht zueinander, aber immerhin störte es mich nicht mehr, wenn sie in meiner Nähe war.

Ich konnte mir die Frage nicht verkneifen und fragte sie nach ihren Füßen, da Andy dort während des Tanzens sehr oft draufstand.

»Naja, Plattfüße habe ich noch nicht, aber sie müssen sich doch erst einmal etwas erholen. Aber so schnell gehen wir ja nicht wieder tanzen.«

Ich musste schmunzeln, als ich das hörte, hatte aber kein Mitleid mit ihr.

Gemeinsam schafften wir es, die Farm in ihren ursprünglichen Zustand zurück zu verwandeln. Tom und Paula machten sich auf den Rückweg, aber leider blieb Kimberly noch bei uns. Andy und sie wollten den restlichen Tag zusammen verbringen.

»Ich fahre sie dann später nach Hause«, rief er Tom hinterher. Dieser hob die Hand und signalisierte damit, dass er einverstanden war.

»Was nun?« Ich hatte keine Lust, die Zeit mit unseren Turteltäubchen zu verbringen, also entschloss ich mich dazu, Nick einmal einer Grundreinigung zu unterziehen. Der war nicht wirklich begeistert davon, als ich ihn in der Scheune in eine Wanne steckte, ließ es jedoch über sich ergehen. Aber als ich dann mit dem Schlauch kam, um ihn abzuspritzen, ergriff er die Flucht.

»Stell dich nicht so an. Komm sofort zurück! Ist doch gar nicht so schlimm.«

Dann hörte ich Kimberly laut schimpfen. »Du kleiner Teufel, schau nur, was du gemacht hast! Wie sehe ich denn jetzt aus?«

Schnell verließ ich die Scheune, um zu sehen, was passiert war.

Ich musste lachen, denn Nick stand vor ihr, schüttelte sich und spritzte sie damit so richtig nass.

»Kannst du deinen Hund bitte mal rufen«, sagte sie erbost.

»Stell dich nicht so an. Ist doch nur Wasser«, sagte Andy zu ihr und fing sich sogleich einen bitterbösen Blick von ihr ein.

»Bring mich bitte sofort nach Hause! So kann und will ich hier nicht herumlaufen.«

»Die stellt sich aber an«, dachte ich mir, aber ich konnte mir ein Lachen nicht verkneifen.

Ich rief meinen Hund, und er hörte sogar aufs erste Wort. »Das hast du gut gemacht«, flüsterte ich, und er wedelte freudig mit dem Schwanz.

Als Andy und Kimberly zum Auto gingen, rief ich ihr noch hinterher: »Schade, dass du schon fährst.«

Andy drehte sich nach mir um und warf mir einen bösen Blick zu, aber das ignorierte ich völlig.

»Komm, wir gehen zurück ins Haus. Du hast dir eine Belohnung verdient«, sagte ich zu Nick. Als wir in der Küche waren, nahm ich ein Stück Wurst aus dem Kühlschrank und gab sie ihm.

Dann gingen wir hinaus auf die Veranda, und ich genoss die Kimberly-freie Zone.

Ich bemühte mich wegen Andy wirklich sehr, in ihrer Gegenwart nett zu sein, aber mir war es halt nach wie vor lieber, wenn ich sie nicht so oft sehen musste.

Kurze Zeit später war Andy wieder da.

»Das war nicht nett von dir«, sagte er zu mir.

»Ich weiß gar nicht, was du meinst«, gab ich grinsend von mir.

»Doch, das weißt du ganz genau.«

»Was ist denn hier los«, hörte ich Mutter sagen, die gerade auf die Veranda kam. »Streitet ihr erneut?«

»Keine Spur, wir haben nur eine kleine Meinungsverschiedenheit.«

»Wieso Meinungsverschiedenheit, und wo ist eigentlich Kimberly?«

»Ach, frag nicht. Ich habe keine Lust, darüber zu sprechen.« Und schon verschwand Andy im Haus.

»Kannst du mir bitte sagen, was hier los ist? So langsam habe ich auf euer Herumgezicke keine Lust mehr. Ihr benehmt euch wie im Kindergarten.«

Und so erzählte ich Mutter die ganze Geschichte und musste mich bei meiner Schilderung sehr zusammenreißen, nicht zu lachen.

Sie runzelte die Stirn, sagte aber nichts weiter. Aber ich war mir sicher, dass sie auch der Meinung war, dass Kimberly etwas überreagiert hatte.

Beim Abendessen machte sie Andy den Vorschlag, dass er Kimberly doch einfach eine neue Bluse kaufen könnte.

»Ich gebe dir auch das Geld dafür. Dann fahrt ihr zwei in die Stadt, und sie kann sich was Hübsches aussuchen.«

»Danke, ich rufe sie gleich an und frage, ob sie morgen Lust dazu hat.«

Als er zurück an den Tisch kam, hob er nur freudestrahlend den Daumen und signalisierte uns damit, dass alles geklappt hatte.

»Wann reiten wir eigentlich mal wieder alle zusammen aus?«, warf ich in die Runde. »Oder habt ihr keine Lust dazu? Ihr wolltet mir doch noch den Weg in die Berge zeigen.«

»Wie wäre es mit übermorgen«, sagte Vater. »Wir nehmen Verpflegung mit und wagen uns in die Wildnis. Glaubst du denn, dass du so einen langen Ritt schon schaffst?«

»Klar, und wenn es zu viel wird, können wir immer noch umdrehen.«

Andy hatte während des ganzen Gesprächs nichts gesagt.

Ich sah ihn flehend an. »Kommst du auch mit?«

»Jaja, ich bin dabei, mach dir keine Sorgen.«

»Prima«, erwiderte ich und klatschte dabei vor Freude in die Hände.

12

Wir hatten alles für unseren Ausritt vorbereitet. Nun konnte es endlich losgehen. Als wir auf unseren Pferden saßen, übernahm Vater die Führung.

Ich schaute mir die Gegend genau an und war fasziniert von der wunderschönen Natur.

Auf einmal ertönte ein lauter Knall. Amigo erschrak und machte einen Satz zur Seite. Ich verlor das Gleichgewicht und fiel herunter.

Er erschreckte sich dabei dermaßen, dass er sich losriss und davonstürmte. Andy hatte keine Chance, ihn mit dem Strick, der an seiner Trense befestigt war, zu halten und ließ ihn einfach los, bevor er sich noch verletzte.

»AMIGOOO!«, brüllte ich, aber ich konnte nur noch sehen, wie er panisch über eine Wiese preschte, und dann verlor ich ihn aus den Augen.

Mutter war bereits von ihrem Pferd gesprungen und kniete neben mir.

»Ist alles in Ordnung, hast du dir was getan?«

»Ich glaube, ich habe mir das Handgelenk gebrochen. Das ist jetzt aber nicht so wichtig. Wie bekommen wir Amigo zurück?«

»Den kriegen wir nicht wieder.«

»Was soll das denn heißen? Wir können ihn doch hier draußen nicht alleine lassen! Wir müssen ihn suchen.«

»Und wie genau stellst du dir das vor? Du hast doch selbst gesehen, wie er davongestürmt ist. Der könnte schon überall sein«, erwiderte Andy.

»Andy hat recht. Wir versuchen, dich jetzt erst einmal auf ein Pferd zu bekommen. Dann bringen wir dich nach Hause und dann zum Arzt. Amigo findet bestimmt wieder allein zurück.«

Ungläubig schaute ich Vater an, und an seinem Gesichtsausdruck konnte ich erkennen, dass er davon selber nicht so überzeugt war.

Mit vereinten Kräften verfrachteten sie mich auf Mutters Pferd, da es das kleinste von allen war. Allerdings stellte sich das als gar nicht so einfach raus, da es sich ja nicht auf Kommando hinlegen konnte wie Amigo, aber irgendwie schafften sie es. Mutter setzte sich hinter mich und hielt mich fest.

Wir hatten noch einen etwa einstündigen Ritt vor uns, bis wir endlich wieder zu Hause waren. Während der ganzen Zeit schaute ich, ob ich nicht doch irgendwo mein Pferd sehen konnte, aber Fehlanzeige.

»Was ist, wenn er nicht zurückfindet oder ihm irgendetwas passiert ist? Schließlich gibt es hier draußen auch genügend Gefahren für Pferde«, fragte ich, aber keiner antwortete.

Ich redete mir ein, dass er bestimmt schon auf der Farm wäre, wenn wir zurückkommen, und versuchte damit, meine Angst um ihn zu verdrängen.

Als wir endlich wieder daheim waren, schaute ich mich noch auf dem Pferd sitzend hektisch um, ob ich ihn entdecken konnte, aber es war weit und breit nichts von ihm zu sehen.

Meine Familie schaffte es, mich sicher wieder in den Rollstuhl zu geleiten.

»Wir müssen ihn sofort suchen. Er ist doch ganz alleine da draußen.«

»Wir bringen dich jetzt erst einmal ins Krankenhaus, Ende der Diskussion«, befahl Mutter.

Ich sah sie flehend an. »Bitte, es muss doch einer versuchen, ihn zu finden.«

»Ich reite noch mal los und suche ihn. Ihr bringt Amy in die Klinik«, erwiderte Andy.

»Bevor ihr fahrt, könnt ihr ja Tom und ein paar Nachbarn kontaktieren. Je mehr Leute suchen, umso größer ist die Chance, dass wir ihn finden.«

»Das ist eine gute Idee. Ich rufe sie schnell alle an, und dann fahren wir.«

Während der Fahrt quälten mich die Sorgen um Amigo. Mutter sah mir an, dass ich mir Vorwürfe machte.

»Du kannst nichts dafür, dass er weggelaufen ist. Er hat sich halt erschrocken, als du runtergefallen bist. So etwas kann passieren.«

»Aber er erschreckt sich doch sonst vor nichts.«

»Ich kann es dir auch nicht erklären, aber ich bin mir sicher, dass sie ihn finden.«

»Bist du dir da wirklich sicher?«

Sie nickte, sagte aber nichts. Ich wusste genau, sie wollte nicht, dass ich an ihrer Stimme erkennen würde, dass sie davon überhaupt nicht so überzeugt war.

Im Krankenhaus stellte sich heraus, dass ich mir wirklich das Handgelenk gebrochen hatte. Nun verzierte ein blauer Gips meine Hand.

Als wir wieder zu Hause waren, konnte ich es kaum abwarten, dass Andy zurückkam.

»Und, habt ihr ihn gefunden?«

Er schüttelte den Kopf.

»Es ist zu dunkel, um weiterzusuchen, aber morgen früh machen wir uns gleich wieder auf die Suche. Kopf hoch, wir finden ihn schon.«

»Du gehst jetzt aber erst einmal zu Bett«, sagte Mutter zu mir.

»Ich kann nicht schlafen. Ich bleibe hier draußen und warte, ob er kommt.«

»Das tust du nicht. Du gehst sofort zu Bett«, befahl sie mir, und so wie sie es sagte, wusste ich, dass sie sich auf keine Diskussion einlassen würde. Also machte ich mich widerwillig, gefolgt von Nick, auf den Weg in mein Zimmer.

Ich legte mich hin, aber natürlich war mir sofort klar, dass ich nicht schlafen konnte.

Ich starrte eine gute Stunde Löcher in die Luft. Dann setzte ich mich wieder in meinen Rollstuhl und fuhr zur Tür. Leise machte ich sie auf und lauschte, ob ich noch von irgendwoher etwas hörte. Es war mucksmäuschenstill. Nick sprang an mir hoch, weil er dachte, wir unternehmen noch etwas gemeinsam.

»Pssst, wir müssen ganz leise sein.«

So lautlos, wie es nur ging, fuhr ich zur Veranda und öffnete die Tür, die natürlich ausgerechnet in diesem Moment knarren musste. Draußen bemühte ich mich, irgendetwas zu erkennen, aber es war einfach zu dunkel. Dennoch starrte ich weiter in die Ferne.

Auf einmal fing Nick an zu knurren. Ich drehte mich um und sah Mutter.

»Hab ich es mir doch gedacht, dass du nicht in deinem Bett bleibst.«

Verlegen schaute ich sie an.

»Wie lange sitzt du denn schon hier? Du bist ja ganz durchgefroren. Ich hole uns erst einmal ein paar Decken.«

»Uns?«, fragte ich verwundert.

»Du glaubst doch nicht, dass ich dich hier alleine lasse. Wenn ich bei dir bin, habe ich dich zumindest unter Kontrolle.«

»Was soll das denn heißen?«

»Ich würde dir glatt zutrauen, dass du dich in der Dunkelheit auf den Weg machst, um Amigo zu suchen.«

»Also, darauf bin ich noch gar nicht gekommen, aber danke für den Tipp.«

Als sie mit den Decken zurückkam, wickelte sie mich darin ein und setzte sich direkt neben mich.

»Meinst du, sie finden ihn morgen?«, fragte ich, aber sie antwortete nicht und schaute mich nur besorgt an.

Ich schaute zum Himmel. »Nicht auch das noch!«

»Was ist los?«

»Hast du nicht gesehen, es hat geblitzt.«

Sie schüttelte den Kopf.

»Wie soll er das nur bei einem Gewitter da draußen überstehen! Sicher verliere ich ihn genau wie Max.«

»Daran darfst du überhaupt nicht denken. Bestimmt hat er einen Platz gefunden, wo er sicher ist.«

Und noch bevor ich darauf antworten konnte, setzte der Regen ein.

Mutter bemerkte, dass sich meine Augen mit Tränen füllten, nahm mich sofort in den Arm und hielt mich ganz fest, und wieder ging von ihr diese besondere Wärme aus, die sie einem damit immer gab.

Ohne ein Wort zu sprechen, schauten wir gemeinsam in die Dunkelheit. Gott sei Dank hörte der Regen schnell wieder auf, und das Gewitter zog auch vorbei.

»Lass uns reingehen. Drinnen ist es wärmer«, sagte sie zu mir, aber ich schüttelte energisch den Kopf.

»Du kannst das ja machen, aber ich bleib hier draußen.«

»Also gut, was hältst du davon: Ich mach uns erst einmal einen Tee, und dann warten wir weiter ab.«

»Das ist eine gute Idee«, antwortete ich, und das ist auch das Letzte, woran ich mich erinnern kann.

Als ich wieder zu mir kam, lag ich auf dem Sofa im Wohnzimmer, und Mutter saß im Sessel neben mir.

»Was ist passiert?«

»Als ich zurückkam, lagst du mit dem Kopf auf dem Tisch und schliefst.«

»Hast du die ganze Zeit hier bei mir gesessen?«, wollte ich von ihr wissen.

»Natürlich. Hin und wieder bin ich raus, um zu sehen, ob ich was von Amigo sehe, aber Fehlanzeige.«

»Meinst du, er lebt noch?«

»Da bin ich mir ganz sicher.«

»Was macht dich da so sicher?«, wollte ich von ihr wissen.

»Ich weiß es einfach.«

Gerade als ich nachbohren wollte, was sie so sicher macht, standen Andy und Vater im Wohnzimmer.

»So, wir machen uns dann mal wieder auf die Suche.«

»Ich habe schon Brote vorbereitet; ohne Stärkung geht ihr mir nicht aus dem Haus.«

Schnell verschlangen unsere Männer alles und machten sich dann Richtung Scheune auf, um die Pferde zu holen.

»Du wirst sehen, sie finden ihn.«

Nachdem auch ich ein Brot mehr oder weniger hinuntergewürgt hatte, fuhr ich wieder auf die Veranda und starrte in die Ferne.

Ich weiß nicht, wie viel Zeit vergangen war, aber auf einmal sah ich schemenhaft ein Pferd.

»Spielt mir meine Fantasie jetzt einen Streich?« Ich rieb mir die Augen, aber das Geisterpferd war immer noch zu sehen und es kam näher. Und je näher es kam, desto deutlicher konnte ich sehen, dass es kein Geisterpferd, sondern mein Amigo war.

»Mama, komm schnell!«, schrie ich. »Das musst du dir anschauen.«

»Was schreist du denn so?«

»Da, Amigo, schau nur, er ist wieder zurück!«, und ich zeigte mit dem Finger in die Richtung, wo ich ihn entdeckt hatte.

»Das ist ja großartig!«, sagte sie und drückte mich ganz fest an sich.

»Los, er läuft Richtung Scheune. Sicher ist er völlig erschöpft und hat Hunger.«

Wir konnten ihn gerade noch vor der Scheune einfangen.

Mutter griff beherzt nach dem Strick, der immer noch an seiner Trense baumelte, und hielt ihn fest.

Als ich sah, in was für einem erbärmlichen Zustand er war, machte ich mir sofort wieder Sorgen.

»Was machen wir jetzt mit ihm? Schau doch nur, wie erschöpft er ist.«

»Wir bringen ihn erst einmal in seine Box, befreien ihn von dem Gurt und der Trense, reiben ihn mit Stroh ab, legen ihm eine Decke über und geben ihm eine große Portion Hafer, und dann hoffen wir, dass er sich wieder erholt.«

»Sollen wir nicht besser den Tierarzt holen?«

»Vertrau mir. Ich weiß, was ich mache. Ich habe schon mein ganzes Leben mit Pferden zu tun. Ich bin mir sicher, dass er einfach nur etwas Ruhe und Stärkung braucht«, und als ich hörte, mit welcher Überzeugung sie das sagte, wusste ich, dass ich ihr blind vertrauen konnte.

»Aber wenn du möchtest, kannst du natürlich gern bei ihm bleiben und ihm Gesellschaft leisten. Sicher freut er sich, wenn du da bist, aber lass ihn in Ruhe.«

Mutter verschwand wieder, als sie Amigo versorgt hatte, und ich war ihr sehr dankbar dafür, dass sie mich mit ihm allein ließ. Wieder einmal zeigte sie, was sie für ein Feingefühl besaß.

Wie sie mir geraten hatte, ließ ich ihn völlig in Ruhe. Ich beobachtete ihn nur und war einfach glücklich, dass er wieder da war.

Dann hörte ich Hufgetrappel und Stimmen. Ich drehte mich um und sah, dass Andy und Vater wieder zurück waren.

»Er ist wieder da!«, rief ich.

»Mutter hat uns schon alles erzählt. Wie geht es ihm?«, wollte Vater sofort wissen.

»Also, er hat sein ganzes Futter in Nullkommanichts verputzt. Dann hat er zwischendurch gelegen, und jetzt steht er wieder.«

»Das hört sich doch gut an. So wie es aussieht, hat er sich etwas erholt.«

»Ich schau ihn mir aber nochmal an«, sagte Vater.

Dann wandte er sich an Andy: »Bringst du unsere Pferde noch auf die Weide, da können sie sich noch etwas entspannen. Waren schließlich anstrengende Tage für sie.«

»Mach ich.«

Vater ging zu Amigo in die Box und schaute ihn sich genau an. »Ich denke, in ein paar Tagen ist er wieder ganz der Alte. Er braucht jetzt einfach nur etwas Ruhe und viel Zuwendung, und ich bin mir ganz sicher, dass du das hinbekommst.«

Sofort fuhr ich zu ihm. Er streckte seinen Kopf zu mir her und ich nahm ihn liebevoll in den Arm.

Dann schaute ich ihm direkt in die Augen und sagte: »Mach das nicht noch einmal mit mir. Ein zweites Mal halte ich diese Sorge um dich nicht mehr aus.« Und als ob er mich genau verstanden hätte, gab er ein leises Schnauben von sich.

»Komm, wir lassen ihn jetzt erst einmal in Ruhe. Du kannst ihn nachher noch einmal besuchen, und sicher sagt er dann auch nicht nein zu einem leckeren Apfel.«

Und so machten wir uns gemeinsam auf den Weg zum Haus, und alle Anspannung war auf einmal wie weggeblasen.

13

Nach dem Abendessen verkündete ich meiner Familie, dass ich noch einmal eine Runde drehen wollte.

»Nimm einen Apfel mit oder besser sogar zwei«, rief Mutter mir hinterher.

»Woher weißt du?«, stammelte ich.

»Glaub mir, ich kenne dich inzwischen ganz gut. Du brennst doch schon die ganze Zeit darauf, Amigo zu besuchen. Nun verschwinde schon.«

Das ließ ich mir nicht zweimal sagen.

»Na, Nick, hast du auch Lust, einen Krankenbesuch zu machen?«

Sofort sprang er auf und folgte mir.

Als ich in die Scheune kam, wieherte Amigo mir schon entgegen.

»Hier, ich habe dir etwas zur Stärkung mitgebracht.« Ich konnte gar nicht so schnell schauen, wie er genüsslich in den Apfel biss.

Die anderen drei Pferde schauten über den Rand ihrer Box.

»Tut mir leid, für euch habe ich keine Äpfel.«

Traurig schauten sie mich an, und so fuhr ich kurz entschlossen zu der Futterkiste und holte etwas Hafer für sie.

Dann ging es wieder zu Amigo. »Na, meinst du, ein zweiter Apfel passt auch noch rein?« Und hätte er mir antworten können, hätte er bestimmt gesagt: »Auf jeden Fall.«

Ich genoss es einfach, ihn zu streicheln, und obwohl er ja nicht lange weg war, kam es mir wie eine Ewigkeit vor.

Irgendwann tauchte Andy auf und teilte mir mit, dass unsere Mutter der Meinung war, dass ich langsam mal wieder ins Haus kommen sollte. Doch bevor wir uns auf den Rückweg machten, hielt ich noch an Max´ Grab an. Immer noch hatte ich mit meinen Gefühlen zu kämpfen, wenn ich auf seine Ruhestätte schaute.

»Glaubst du, dieses Gefühl geht je vorbei?«, fragte ich Andy.

»Ich denke nicht. Du hast ihn geliebt, aber solange er in deinem Herzen fest verankert ist, wirst du ihn immer in guter Erinnerung behalten, auch wenn es manchmal wehtut.«

War ich froh, als ich in meinem Bett lag. Ich hatte mich noch nicht ganz ausgestreckt, da fielen mir auch schon die Augen zu.

Am nächsten Morgen hatte ich damit zu kämpfen, in die Gänge zu kommen. Ich musste mir eingestehen, dass die Aufregung der letzten Tage doch etwas zu viel für mich gewesen war, aber natürlich sagte ich meiner Familie und besonders Mutter nichts davon. Wie ihr euch vorstellen könnt, hätte sie mich nicht mehr aus den Augen gelassen.

»Wie lange musst du eigentlich noch deinen Gips tragen?«, fragte Andy mich eines Morgens.

»Noch eine Woche«, antwortete ich. »Wieso fragst du?«

»Ich dachte mir, es wäre gut, wenn du so schnell wie möglich wieder auf Amigo sitzen würdest, oder traust du dich nicht mehr?«

»Was für eine Frage, natürlich trau ich mich. Falls ich nochmal fallen sollte, kann ich ja auf das andere Handgelenk plumpsen«, scherzte ich. »Du glaubst gar nicht, wie froh ich bin, wenn ich dieses blöde Ding los bin. Ist wirklich nicht so einfach, den Rollstuhl damit fortzubewegen.«

Und dann war es endlich so weit. Wir fuhren alle zusammen ins Krankenhaus, der Gips wurde entfernt, mein Handgelenk wurde zur Sicherheit noch einmal geröntgt, und der Arzt stellte zu meiner großen Freude fest, dass es wieder völlig in Ordnung war.

Da wir bereits in der Stadt waren, machten wir einen Abstecher in die Eisdiele. Noch nie waren wir alle vier zusammen Eis essen, und ich genoss es sehr.

Als wir wieder zurück waren, führte mich mein Weg direkt auf einen Abstecher zu Amigo.

»Schau, er ist ab, bald können wir wieder loslegen!«

Den restlichen Tag verbrachte ich mit Nick auf der Veranda.

»Wo ist eigentlich Andy?«, fragte ich Mutter.

»Der ist bei Kimberly.«

»Hat er gesagt, wann er wieder da ist?«

»Nein, hat er nicht. Was willst du denn so Dringendes von ihm?«

»Ach, nichts«, war meine Antwort, und damit sie nicht weiter bohren konnte, machte ich mich auf den Weg zu meinem Lieblingsplatz.

Ich saß dort eine gewisse Zeit, bis ich Schritte hörte. Erschrocken drehte ich mich um und sah Andy.

»Was machst du denn hier und woher kennst du diesen Platz?«

Ich schaute ihn an und konnte sehen, dass seine Augen rot unterlaufen waren.

»Mutter hat mir gesagt, dass ich dich vielleicht hier finde.«

Er setzte sich neben mich auf den Boden, und dann sah ich, wie elend er aussah.

»Jetzt rede schon, was ist passiert?«

»Kimberly hat mit mir Schluss gemacht. Sie hat mich einfach durch einen anderen Jungen ersetzt.«

»Was!«, sagte ich entsetzt. »Ich wusste doch immer, dass sie eine blöde Kuh ist.«

»Lass gut sein. Ich komme schon darüber hinweg. Nun habe ich eben nur noch eine Herzdame«, und während er das sagte, sah ich Andy das erste Mal total verzweifelt dreinblicken.

»Keine Sorge, die wird dich nicht verlassen.« Während ich das sagte, streichelte ich ihm sanft über das Haar.

Er sagte nichts weiter und schaute einfach auf die Berge. Dann ging die Sonne unter.

»Sieht das schön aus«, sagte er plötzlich zu mir.

»Jetzt kann ich gut verstehen, warum du immer hierhin flüchtest, um den Kopf freizukriegen.«

»Komm, lass uns nach Hause gehen, und wenn du willst, kommen wir morgen wieder her.«

Er schaute mich an und nickte.

Als wir dort ankamen, war keiner unserer Eltern zu sehen. Zum ersten Mal wartete Mutter nicht aus lauter Sorge um mich. Ich konnte mir das nur damit erklären, dass sie wusste, dass Andy bei mir war und deswegen kein Grund zur Besorgnis bestand.

»Willst du noch reden?«, fragte ich ihn.

»Nein, lass mal gut sein. Vielleicht morgen.«

»Aber ich hoffe, du weißt, dass du immer zu mir kommen kannst, wenn du was auf dem Herzen hast. Wofür sind denn schließlich kleine Schwestern da?«

»Zum Ärgern«, erwiderte Andy, und ich konnte endlich wieder ein zaghaftes Lächeln bei ihm erkennen.

»Gute Nacht«, rief ich ihm noch zu, und wir verschwanden in unseren Zimmern.

14

Als ich ihn am nächsten Morgen in der Küche antraf, konnte ich sehen, dass er so gut wie nicht geschlafen hatte. Dennoch fragte ich ihn danach.

»Ich habe schon mal besser geschlafen, aber was soll's.«

»Was liegt denn heute an? Wollen wir etwas zusammen machen?«

Ich hoffte, ich könnte ihn irgendwie von seinem Liebeskummer ablenken.

»Ich muss nachher erst einmal in die Stadt, um für Mutter etwas abzuholen. Hast du Lust, mitzukommen?«

»Na klar, wenn du mich auf ein Eis einlädst.«

»Das bekomme ich hin.«

Also machten wir uns zwei Stunden später auf den Weg.

Am Ziel angekommen erledigten wir erst einmal die Sachen für Mutter, die uns gleich noch mehr Besorgungen aufs Auge gedrückt hatte, da wir nun schon einmal in der Stadt waren. Dann machten wir uns auf den Weg zur Eisdiele. Gerade als wir um die Ecke bogen, kam uns Kimberly mit ihrem neuen Freund Händchen haltend entgegen.

»Ist man vor der denn nirgends sicher?«, schoss es mir durch den Kopf.

Andy hatte sie auch gesehen, und ich konnte erkennen, dass ihm das nicht gefiel, was er da sah. Auch wenn sie sich getrennt hatten, so ganz war er immer noch nicht darüber hinweg. Er ballte eine Faust, und noch bevor ich irgendetwas machen konnte, rannte er auf den Jungen zu und schlug ihm ins Gesicht. So außer sich hatte ich ihn noch nie gesehen. Schnell fuhr ich zu den Streithähnen hinüber, die inzwischen in eine wilde Rauferei verwickelt waren. Kimberly stand nur daneben und war wie erstarrt.

»Jetzt tu doch was! Die bringen sich noch gegenseitig um«, rief sie mir zu.

»Und was genau soll ich tun?«

Sie schüttelte den Kopf und fiel wieder in Erstarrung.

»Jetzt reicht es aber!«, schrie ich. Ich konnte Andy am Arm packen und schaffte es, ihn etwas wegzuziehen. Er schaute mich an, und seine Augen waren immer noch hasserfüllt.

»Es reicht!«, ermahnte ich ihn noch einmal. »Der hat genug, sieh doch, wie er aussieht.«

Sein Kontrahent rappelte sich hoch und stellte sich direkt zu Kimberly, besser gesagt hinter sie.

»Sich hinter einem Mädchen zu verstecken, ist doch wohl das Letzte«, gab ich wütend von mir.

»Was ist das denn für ein Spinner?«, fragte er immer noch nach Luft schnappend an Kimberly gerichtet.

»Wen nennst du hier einen Spinner?« Jetzt kam auch in mir die Wut hoch.

»Frag doch mal deine tolle Freundin; die kann dir das erklären.«

Hilfesuchend blickte er Kimberly an, und die erzählte ihm schließlich, dass sie mit ihm noch bis vor Kurzem zusammen war.

Andy stand inzwischen neben mir, und ich konnte an seiner Körperhaltung sehen, dass er sich noch nicht beruhigt hatte, denn seine Hand war immer noch zur Faust geballt.

»Mit so einem Idioten warst du zusammen! Ich hätte dir einen besseren Geschmack zugetraut.«

Andy wollte sich bei diesen Worten gerade wieder auf ihn stürzen, aber ich bekam ihn vorher noch am Arm zu packen.

»Du bleibst hier«, sagte ich energisch. »Das regle ich.«

Der Junge fing an zu lachen.

»Wie willst du das denn machen? Du kannst ja nicht mal laufen.«

»Das wirst du gleich sehen.«

Mit Schwung setzte ich meinen Rollstuhl in Bewegung. Kimberly machte vor Entsetzen einen Schritt zu Seite und tat mir damit sogar noch einen Gefallen. Ungebremst fuhr ich ihm vor die Schienbeine und brachte ihn damit zu Fall.

»Gut gemacht, Amy«, konnte ich Andy rufen hören. »Das war Spitze!«

»Na, siehst du jetzt, wie ich das mache?«

»Ihr seid ja alle verrückt in eurer Familie! Komm, lass uns gehen«, herrschte er seine Freundin an.

Ich schaute sie böse an. »Ja, geht besser, und solltest du dich noch einmal meinem Bruder nähern, werde ich auch dir wehtun. Das ist ein Versprechen!«

Sie schaute mich verängstigt an und zog dann mit ihrem Freund wortlos von dannen.

»Komm, wir machen uns besser auch auf den Rückweg, oder möchtest du immer noch ein Eis?«, fragte Andy mich.

»Nein, der Appetit darauf ist mir vergangen. Fahren wir wieder zurück.«

Als wir im Auto saßen, musste ich erst einmal tief durchatmen.

»Ist alles okay mit dir?«, wollte Andy wissen.

»Mir geht es prima. Tat das gut, den beiden so richtig die Meinung zu sagen. Und wie geht es dir? Schau mal in den Spiegel, wie du aussiehst.«

»Ach, das ist halb so wild. Ein paar blaue Flecken und Abschürfungen; das verheilt schnell wieder. Der andere hat mehr abbekommen.«

»Stimmt«, bestätigte ich.

»Wir sind ein gutes Team«, sagte er zu mir und lachte mich dabei an.

»Hast du schon eine Idee, wie wir das Mutter beibringen sollen?«

»Keine Ahnung, ist mir auch egal. Lass sie ruhig meckern, und das wird sie mit Sicherheit. Aber ich fühle mich so großartig. Die ganze Anspannung ist weg. Eigentlich halte ich nichts von Prügeleien, aber in diesem Fall war es genau das Richtige.«

»Na gut, dann machen wir uns mal auf den Heimweg und wagen uns in die Höhle des Löwen«, gab ich belustigt von mir.

Als wir die Einfahrt hochfuhren, stand Mutter wieder einmal auf der Veranda und hielt Ausschau nach uns.

»Wie macht sie das eigentlich? Immer wenn irgendetwas passiert ist, ist sie zur Stelle. Riecht sie das?«, wollte ich von Andy wissen.

»Das kann ich dir nicht erklären, aber das war schon immer so. Ich glaube, sie hat einfach einen siebten Sinn dafür, wenn etwas im Busch ist. Ist auch egal; wir kommen nicht drum herum, uns ihr zu zeigen. Also lass es uns sofort tun.«

»Gut«, sagte ich.

Wir holten beide noch einmal tief Luft und versuchten, uns so unauffällig wie möglich zu benehmen. Andy half mir wie immer in den Rollstuhl, klemmte sich Mutters Besorgungen unter den Arm, und so machten wir uns gemeinsam auf zur Veranda.

Noch bevor wir bei ihr waren, hörte ich, wie sie entsetzt sagte: »Was ist denn da schon wieder passiert? Könnt ihr nicht einmal in die Stadt fahren, ohne dass einer von euch verletzt zurückkommt?«, und an ihrer bebenden Stimme konnte man gut erkennen, dass sie richtig sauer war.

Andy knallte die Sachen auf den Tisch. »Stell dich nicht so an. Ist halb so schlimm«, und ging direkt ins Haus, ohne dass Mutter noch etwas sagen konnte.

Ich wollte Andy gerade folgen, da hielt sie mich am Arm fest. »Ich möchte jetzt genau wissen, was passiert ist.«

Also erzählte ich ihr die ganze Geschichte, und ich war sehr froh, dass sie mich dabei nicht unterbrach.

Sie schaute mich überrascht an. »So etwas hätte ich Andy gar nicht zugetraut. Er ist doch sonst eher der Zurückhaltende.«

»Glaub mir, er hat genau das Richtige getan, und das heißt ja nun nicht, nur weil er sich einmal geprügelt hat, dass er das jetzt ständig macht.«

»Wie hat er sich denn geschlagen?«, wollte sie von mir wissen.

»Du kannst stolz auf deinen Sohn sein. Er hat viel eingesteckt und noch mehr ausgeteilt. Solltest mal sehen, wie der andere aussieht.«

»Aber Amy war auch Spitze«, sagte Andy, der inzwischen wieder draußen war.

»Ich glaube, ich will das gar nicht hören«, sagte Mutter und hielt sich dabei die Ohren zu.

Aber ohne auf sie zu achten, erzählte er ihr den Rest der Geschichte. Als er geendet hatte, schaute er sie an und wartete auf eine Reaktion.

»Euch kann man wirklich nicht alleine losziehen lassen«, aber ihre Stimme bebte bei Weitem nicht mehr so wie vorher.

»Dann hol ich mal die Salbe für deine Blutergüsse. Ich denke, wir sollten dafür sorgen, dass davon immer genug im Haus ist, wenn ihr alleine unterwegs seid. Man kann ja nicht wissen, was beim nächsten Mal passiert«, sagte sie ironisch.

»Ist doch ganz gut gelaufen«, sagte ich erleichtert zu Andy.

»Hätte wirklich schlimmer kommen können.«

Als Mutter Vater abends alles erzählt hatte, war sein Kommentar dazu nur: »Ein Junge muss sich mal prügeln, ist doch halb so wild.«

Sie schaute ihn bei diesen Worten böse an, aber er übersah das und tat so, als wenn nichts Besonderes passiert wäre.

»Ich dreh noch mal eine Runde«, verkündete ich meiner Familie. »Nick hat bestimmt Lust auf einen kleinen Spaziergang. Hast du doch?«, blickte ich ihn fragend an, und wie selbstverständlich stand er auf.

»Darf ich mitkommen?«, fragte Andy mich erwartungsvoll.

»Na klar.«

Mutter stand wortlos auf und ging auf Nick zu. Sie streichelte ihn und sagte dann: »Dass du schön aufpasst, dass sie wieder in einem Stück zurückkommen. Du bist doch der Vernünftigste von den dreien«, und als wir das hörten, mussten wir lachen, und auch Mutter konnte sich ein Grinsen nicht verkneifen.

So ging ein sehr aufregender Tag vorbei, und zwischen Andy und mir war alles wieder genau so wie zu der Zeit, bevor Kimberly in unser Leben getreten war, und darüber war ich sehr glücklich.

Andy kam schnell über seinen Liebeskummer hinweg. Ich bemühte mich nach Kräften, ihn abzulenken, und unsere Eltern gaben ihm viel mehr Arbeit als sonst, damit er nicht so viel grübelte.

»Wann wollen wir eigentlich mal wieder etwas mit Amigo machen? Mein Handgelenk ist doch jetzt wieder völlig in Ordnung.«

»Können wir morgen machen, wenn du Lust hast. Ich habe mir überlegt: Diesmal werden wir es etwas abwandeln.«

»Wie meinst du das?«

»Sonst habe ich dich doch immer geführt oder Amigo ist hinter meinem Braunen hergelaufen. Diesmal nehme ich dich an die Longe und wir machen ein paar Turnübungen auf dem Pferd. Kann ja bestimmt nicht schaden, wenn wir etwas für deine Körperhaltung auf dem Pferd tun.«

»Wie habe ich das denn bitte zu verstehen?«

»Du bist halt ziemlich steif. Wenn wir etwas für deinen Oberkörper tun, kannst du vielleicht beim nächsten Mal, falls Amigo doch nochmal einen Satz zur Seite macht, es besser ausbalancieren.«

»Na, dann lass uns das mal versuchen.«

Am nächsten Tag machten wir uns also auf den Weg, Amigo von der Wiese zu holen, um ihn dann fürs Reiten fertigzumachen; allerdings trödelten wir dabei herum. Wir hatten alle Zeit der Welt und scherzten. Andy hatte nichts Besseres zu tun, als mir bildlich zu beschreiben, wie ich vom Pferd geplumpst war.

»Ein Kartoffelsack fällt da eleganter«, sagte er lachend. Hielt sich aber bewusst nicht in meiner Nähe auf, als er das sagte. Er wusste genau, dass er dafür einen Stoß in die Rippen bekommen hätte, und dem wollte er natürlich entgehen.

»So, wie sieht es aus, können wir loslegen?«

»Natürlich.«

Bevor Andy mir auf Amigo half, ließ er ihn erst ein paar Runden an der Longe traben und galoppieren, damit er locker wurde. Danach wurde ich wieder auf mein Pferd verfrachtet, und meine Turnstunde ging los.

»So, ich sage dir jetzt, was du machen sollst. Und konzentrier dich bitte, damit du nicht das Gleichgewicht verlierst.«

Ich setzte mich aufrecht hin, hielt mich an den Griffen fest und wartete auf Andys Kommandos.

»Das mache ich mit links, leg los.«

»Also gut, erst einmal Arme ausbreiten und dann den Rumpf von rechts nach links drehen.«

»Ist das alles, das ist doch ein Kinderspiel.«

Andy grinste. »Wer redet von einmal. Du machst das jetzt so lange, bis ich stopp sage. Immer schön von rechts nach links und das Lächeln bitte nicht vergessen.«

»Das reicht. Jetzt wollen wir mal sehen, wie weit du mit den Fingerspitzen zu deinen Füßen kommst. Immer abwechselnd nach rechts unten, dann nach links. Aber bitte halte dich mit einer Hand am Griff fest. Wie gesagt, wir wollen ja nicht wieder Kartoffelsack spielen.«

Ich schaute ihn grimmig an und konnte sehen, was er für eine Freude hatte, mich herumzukommandieren.

Diese Übung stellte sich schon als etwas schwieriger heraus, aber ich redete mir einfach ein, dass meine Arme dafür zu kurz waren und ich deshalb nicht so tief runter kam.

»Und jetzt?«

»Keine Sorge, ich kenne noch einige Übungen, wir sind noch nicht fertig.«

Und so musste ich den Oberkörper wieder kreisen, die Arme schwenken, wieder zu den Füßen greifen und dann immer wieder von vorne.

»Na, kannst du noch?«, fragte Andy.

»Na klar, das ist doch eine Kleinigkeit für mich.« Ich konnte mir doch nicht die Blöße geben, dass mir inzwischen der ganze Rücken wehtat.

»Ich denke, wir hören jetzt auf. Du hast eine sehr nette Gesichtsfarbe bekommen. Ist dir etwa warm?«

Aber auf diese Frage gab ich ihm keine Antwort.

Als ich wieder in meinem Rollstuhl saß, gehörte mein Rücken mir überhaupt nicht mehr. Überall zwickte und schmerzte es, und sicher war das nur der Anfang. Ich hätte nie gedacht, dass einem so viele Muskeln auf einmal wehtun können.

»Wie fühlst du dich jetzt?«, wollte Andy von mir wissen.

»Frag mich das bitte morgen.«

»Das hört sich nach Muskelkater an«, erwiderte er frech.

»Na, da wünsche ich dir eine gute Nacht.«

»Die werde ich haben.«

»Jetzt aber mal Scherz beiseite. Du hast das wirklich ganz toll gemacht. Sicher, morgen wirst du dich wahrscheinlich nicht mehr bewegen können, aber ich denke, wenn wir das öfter machen, kann das nur gut für deinen Körper sein.«

»Lass uns Amigo noch auf die Weide bringen. Es ist doch so ein schöner Tag, aber vorher gebe ich ihm noch einen Apfel zur Belohnung. Er war so lieb.«

Wir brachten ihn auf die Koppel. Allerdings hatte ich so meine Probleme mitzuhalten, denn auch meine Arme waren inzwischen der Meinung, sie müssten wehtun und wollten die Rollstuhlräder nicht mehr so schnell anschieben.

»Na, auch schon da«, stichelte Andy.

»Meinst du, du schaffst bei deinem Tempo den Weg noch bis heute Abend ins Haus?«, fragte er mich mit breitem Grinsen.

»Hör schon auf, du hast ja recht. Du hast mich völlig geschafft. Ich fühle mich wie eine alte Frau. Wenn es dir nichts ausmacht, kannst du mich zur Abwechslung schieben, damit ich bis zum Abendessen zu Hause bin. Es sei denn, du möchtest Mutter gerne erklären, warum ich immer noch nicht da bin.«

»Auf keinen Fall will ich das. Dann wollen wir unsere Oma mal nach Hause bringen«, und noch immer konnte man an seiner Stimme hören, was er für eine Freude daran hatte, dass er mich so quälen durfte.

Kurz bevor wir ins Haus gingen, übernahm ich wieder selbst meinen Rolli. Musste ja keiner mitbekommen, wie fertig ich war.

»Na, wie hat es geklappt?«, wollte Mutter wissen.

»Hat echt Spaß gemacht«, erwiderte ich.

»Das hört sich aber gar nicht so an.«

»Doch doch, war ganz toll. Ich bin nur etwas müde und lege mich hin.«

»Jetzt schon?«, fragte sie verwundert. »Wir haben doch noch nicht einmal etwas gegessen.«

»Habe keinen Hunger«, rief ich und versuchte so normal, wie mein Körper es zuließ, in mein Zimmer zu kommen.

»Was ist denn mit Amy los?«, wollte Mutter sofort von Andy wissen.

»Nichts Besonderes. Sie hat sich mal wieder überschätzt, und jetzt tut ihr jeder Muskel weh. Sag ihr aber bitte nicht, dass ich dir das erzählt habe. Kennst sie ja, sie würde sowieso alles abstreiten.«

»Gut zu wissen. Da sollten wir ihr morgen am besten aus dem Weg gehen, denn wenn ihr jetzt schon alles so wehtut, möchte ich gar nicht wissen, wie das morgen ist.«

16

Ich brauche euch natürlich nicht zu erklären, wie ich mich am nächsten Morgen fühlte. Solche Schmerzen hatte ich bisher noch nie verspürt, und ich schwor mir, beim nächsten Training nicht so zu übertreiben, aber ob ich mich daran halten würde, stand auf einem anderen Blatt.

In der Küche angekommen, bemühte ich mich, so unauffällig wie möglich zu wirken.

»Wie fühlst du dich?«, wollte Andy sofort von mir wissen.

»Prima, das bisschen Turnen macht mir doch nichts«, aber so richtig überzeugend klang das nicht.

»Was liegt heute an?«, wollte ich von ihm wissen.

»Wenn du dich wirklich so gut fühlst, können wir gleich die zweite Turnstunde dranhängen.«

»Das geht nicht, auf keinen Fall. Das wird zu viel für Amigo.«

»Na, wenn das zu viel für das Pferd wird, müssen wir es natürlich schonen«, erwiderte Andy ironisch, und Mutter hatte starke Probleme damit, nicht zu grinsen, als sie das hörte.

Er ging nach dem Frühstück dann wie gewohnt seiner Arbeit nach, und ich hielt mich größtenteils auf der Veranda auf. Mutter kam hin und wieder vorbei und schaute nach mir. Ich war mir sicher, dass sie genau wusste, wie es mir ging, aber sie sprach mich nicht darauf an. Ich glaube, ich hätte auch nicht zugegeben, wie schlecht ich mich fühlte. Ihr kennt mich ja.

Dann schellte das Telefon. Mutter eilte hin, und als sie wieder rauskam, erzählte sie mir, dass Herr Olsen mich besuchen wollte.

»Was will der denn von dir?«, fragte sie neugierig.

»Keine Ahnung!«

Am frühen Nachmittag stand er dann auf der Matte.

»Könnte ich bitte kurz mit Amy alleine sprechen«, fragte er höflich.

Mutter schaute ihn verwundert an, ging dann aber ins Haus und ließ uns allein.

»Du weißt, warum ich hier bin?«

»Nicht so genau, wenn ich ehrlich sein soll.«

»Erinnere dich an das Fest. Da hat meine Frau dir doch gesagt, dass sie dir wegen des Anhängers einen Wunsch erfüllen möchte.«

»Stimmt, aber ich habe ihr auch gesagt, dass ich nichts weiß.«

»Aber wir hatten eine Idee. Du wolltest doch schon immer mal wieder etwas Schönes und Außergewöhnliches mit deiner Familie machen. Als uns dieser Prospekt in die Hände fiel, wussten wir, dass es genau das Richtige ist. Schau es dir doch einmal an.«

Ich sah es mir an und machte große Augen. »Das ist ja Spitze«, aber meine Begeisterung ließ sehr schnell nach.

»Das hört sich aber nicht so an.«

»Doch, das ist wirklich toll, aber so viel Geld habe ich nicht. Schauen Sie doch mal auf den Preis. Und wie soll das mit dem Rolli gehen?«

Herr Olsen nahm meine Hand. »Mein liebes Kind, wenn wir sagen, wir erfüllen dir einen Wunsch, solltest du nicht auf den Preis achten. Das können wir uns schon leisten, glaube mir. Und wegen des Rollstuhls habe ich auch schon eine Idee.«

»Wenn es wirklich nicht zu viel ist, würde ich das Angebot gerne annehmen. Können Sie sich um alles kümmern?«

»Wann passt es euch denn am besten?«

»Am besten wäre der Sonntag.«

»Gut, ich erledige das direkt und rufe dich noch heute Abend an, ob alles geklappt hat. Dann kannst du deine Familie schon einmal vorwarnen.«

»Das werde ich nicht tun. Soll doch eine Überraschung sein. Ich werde ihnen nur sagen, dass ich am Sonntag etwas mit ihnen unternehmen möchte, und alles andere erfahren sie erst, wenn wir vor Ort sind. Wird das ein Spaß!«

Herr Olsen stand auf und verabschiedete sich mit den Worten: »Dann bis später, und grüß deine Familie von mir.«

Als Mutter wieder nach draußen kam, wollte sie natürlich sofort wissen, warum er da war und nur mit mir alleine reden wollte. Aber so sehr sie auch bohrte, meine Lippen blieben verschlossen.

Kurz vor dem Abendessen klingelte das Telefon.

»Ich geh schon dran«, rief ich und konnte es auch als Erste erreichen.

»Das ist ja toll, nochmals danke.«

Mutter schaute mich an.

»Wer war das und was ist toll?«

»Sei doch nicht immer so neugierig. Ist das so außergewöhnlich für dich, dass ich einen Anruf bekomme?«, wollte ich von ihr wissen.

»Der Anruf nicht, aber deine Reaktion darauf schon.«

»Lass gut sein«, sagte Vater. »Je mehr du stocherst, umso weniger wird sie es sagen. Wir werden es schon noch erfahren. So schlimm kann es nicht sein.«

»Wenn ihr wüsstet«, dachte ich mir.

Beim Abendessen ließ ich meine Familie auf heißen Kohlen sitzen. Sie versuchten immer wieder, mir mit Fangfragen mein Geheimnis zu entlocken, schafften es aber nicht.

»Passt auf, ich mache euch einen Vorschlag. Ihr nervt mich heute nicht mehr und ich werde morgen früh alles erzählen.«

»Morgen erst«, stöhnte Andy.

»Genau, morgen erst«, und schon fuhr ich aus der Küche und wünschte allen eine gute Nacht.

Am nächsten Morgen wurde ich natürlich sehnsüchtig erwartet.

»Wir hören«, sagte Mutter.

»Also gut. Ich möchte am Sonntag einen Ausflug mit euch machen«

»Ist das alles?«

»Reicht das nicht?«, sagte ich mit einem breiten Grinsen.

»Nein, aber ich denke, wir müssen uns bis Sonntag gedulden.«

»Ist ja nicht mehr lange, das schafft ihr schon.«

Bis zum Sonntag wurde es ein Spießrutenlauf für mich. Jedes Familienmitglied versuchte auf seine Art und Weise, etwas über den Ausflug herauszufinden. Mutter hätte es sogar beinahe geschafft, mir etwas zu entlocken, aber eben nur beinahe.

Dann war der besagte Sonntag da. Als wir alle im Auto saßen, erklärte ich Vater genau, wo er hinfahren sollte.

Als wir zu dem großen Platz kamen, war mein Geheimnis nicht mehr zu verbergen.

»Du willst doch wohl nicht, dass wir da einsteigen«, sagte Mutter mit leicht zitternder Stimme.

»Genau das will ich. Wird bestimmt ganz toll. Los, lass uns sofort zu dem Mann gehen. Wenn Herr Olsen nicht geschwindelt hat, ist für uns bereits alles vorbereitet.« Und so war es auch.

»Hereinspaziert!«, wurden wir freundlich begrüßt. »Und da ist der Stuhl für die Dame. Ich hoffe, Sie haben alle genug Platz und können ihre Ballonfahrt genießen.«

»Das ist ja Spitze. So etwas wollte ich schon immer machen«, prustete Andy und stürmte in den Korb.

Nachdem wir alle unsere Plätze eingenommen hatten, erhob sich der Ballon in die Lüfte. Er stieg immer höher, und es war ein unbeschreibliches Gefühl, alles von oben zu sehen. Sogar Mutter konnte langsam loslassen und genoss den wunderschönen Ausblick. Aus dieser Perspektive sah alles noch viel schöner aus, und uns wurde bewusst, dass wir hier auf dem herrlichsten Fleck der Erde lebten, zumindest für uns.

Überglücklich schaute ich meine Familie an und streckte meine Hand aus. Andy ergriff sie als Erster, dann Vater, und zum Schluss umschloss Mutter unsere Händen. Und auch wenn wir nichts sagten, wussten wir genau, dass wir immer füreinander da sein werden, egal was passiert. Mit dieser Aussicht für meine Zukunft machte ich mir keine Sorgen mehr um mein weiteres Leben. Ich hatte nun all das, was ich mir sehnlichst gewünscht hatte.

Lesetipp „Pferde erzählen"

Buchbeschreibung:
„Pferde wurden in den weiten Steppen der urzeitlichen Welt durch den Menschen gejagt. Umso erstaunlicher, dass diese auf Flucht spezialisierten Huftiere die Nähe des ehemaligen Jägers nicht nur zulassen, ja sogar suchen – und mit dem früheren Feind tiefe Bindungen eingehen können.
Diese faszinierende Verbindung höchst zerbrechlicher Natur machte der Mensch sich im Verlauf der Jahrtausende in vielerlei Hinsicht zunutze.
Ob Rennpferd, Pony, Wildpferd oder Gnadenhofbewohner – illustriert und aus dem Blickwinkel des Vierbeiners erzählt, offenbaren sich hier unterschiedliche Schicksale dieser eleganten und treuen Geschöpfe. Lesenswert für Herzen ab 9 Jahren, die bereits für Pferde schlagen – und insbesondere solche, die es zukünftig werden, denn:
Wo sonst liegt das Glück dieser Erde … wenn nicht auf dem Rücken der Pferde?“

Produktinformation:
Gebundene Ausgabe: 92 Seiten
Karina-Verlag
Sprache: Deutsch
ISBN-10: 3961116180
ISBN-13: 978-3961116188

Julius

Julius war das Lieblingspony der Kinder auf dem Reiterhof Peters. Er hatte immer irgendwelchen Blödsinn im Kopf, wodurch das Leben auf dem Hof nie langweilig wurde. Nichts war vor ihm sicher, sodass sein Besitzer so langsam die Geduld mit ihm verlor.

Während des Reitunterrichts war er das liebste Pony der Welt und hatte keine Flausen im Kopf, aber ... sobald er sich frei bewegen konnte ... dann war vor ihm keine Putzkiste, Tasche oder kein Rucksack sicher.

Das Problem war, dass Julius sich überaus geschickt anstellte: Er konnte die Knoten am Strick öffnen, wenn er angebunden war. Ebenso war es ein Leichtes für ihn, die Stalltür zu öffnen und auch die Reißverschlüsse von Rucksäcke stellten kein Problem für ihn dar. So kam es natürlich sehr oft vor, dass er ausbüxte und dann nahm das Chaos seinen Lauf.

Julius' Tatendrang war unerschöpflich und keiner konnte seine Energie stoppen. Die Kinder fanden es nicht schlimm. Schließlich war er ihr Liebling, aber die Geduld seines Besitzers schrumpfte auf ein Minimum.

„Wenn das so weitergeht, verkaufe ich diesen Satansbraten", schimpfte er. Zu dieser Äußerung hat sehr stark beigetragen, dass Julius die neue Tasche seines Herrn, die auf einem Stuhl in der Sattelkammer lag, fein säuberlich ausgeräumt hatte, dann die Utensilien sorgfältig verteilt, so wie er es immer tat und zum Schluss getestet hatte, ob die Tasche schmeckt. Das brachte das Fass zum Überlaufen.

Zwei Tage später kam die neue Reitschülerin Sonja völlig aufgebracht zu Herrn Peters gelaufen. „Mein Rucksack ist weg! Er lag im Stall, aber da ist er nicht mehr. Und Julius ist mir auch weggelaufen! Er hat einfach den Knoten am Strick gelöst und weg war er."

„Reg dich nicht auf", beruhigte er das Kind.

„Irgendjemand hat den Rucksack bestimmt gestohlen. Dort war doch alles drin. Mein Essen, mein Putzzeug, einfach alles. Was soll ich denn jetzt machen?"

„Gestohlen hat den keiner, da bin ich mir ganz sicher. Ich habe auch schon so eine Vermutung. Glaub mir, wir werden den Rucksack finden und das Pony auch."

Und es dauerte nicht lange, bis sie den Dieb auf frischer Tat ertappten. Julius stand versteckt hinter dem Stall. Er hatte den Rucksack geöffnet und steckte mit der Nase darin.

„JULIUS, du kleiner Teufel!", schrie sein Besitzer und rannte auf ihn zu. Das Pony erschrak und trat direkt die Flucht an. Dabei hatte er noch den Apfel im Maul, den er aus dem Beutel stibitzt hatte und gab Fersengeld.

Nun hatte Herr Peters endgültig die Nase voll. Er rief seinen Freund Dieter an, der ebenfalls einen Reiterhof besaß und fragte, ob er nicht ein Pony haben wolle. Und so wurde Julius dorthin gebracht.

Die Kinder waren darüber sehr traurig und das Hofleben änderte sich: Mit Julius' Weggang war auch die Freude und der Lebensgeist auf dem Hof verschwunden.

Zwei Wochen später erhielt Herr Peters einen Anruf von seinem Freund, dass Julius verschwunden sei. Ebenso erfuhr er, dass das Pony sich in der Zeit sehr verändert hatte. Er verweigerte das Fressen und sei den Kindern gegenüber aggressiv geworden.

„Julius und aggressiv? Niemals! Du erzählst mir Märchen!", erwiderte Herr Peters.

„Nein, glaub mir! Das Pony hat sich total verändert. Als ich ihn dann gestern auf die Wiese bringen wollte, hat er nach mir getreten. Vor lauter Schreck habe ich den Strick losgelassen und er ist getürmt."

Mit besorgter Miene beendete Herr Peters das Gespräch.

„Was ist los?", wollte Tanja wissen und so erzählte er, was passiert war.

„Sicher ist er zurück zu uns gelaufen, weil er Heimweh hatte" meinte das Mädchen. „Kommt, wir müssen ihn suchen!" Gesagt – getan, aber vergebens. Julius war wie vom Erdboden verschluckt. Wo konnte er nur sein?

Herr Peters telefonierte herum, aber auch die Landwirte in der Umgebung hatten kein herrenloses Pony gesehen. Langsam machte er sich Sorgen und das schlechte Gewissen machte sich bei ihm breit. Er gab sich die Schuld dafür.

Einen Tag später saß Herr Peters zusammen mit den Kindern im Aufenthaltsraum, als plötzlich das Telefon schrillte. Er hob sofort ab und die Kinder vernahmen nur Worte wie „Jaja … Ach so … Gut, so machen wir es."

„Was ist passiert?", wollte Petra, wissen.

„Sie haben ihn gefunden!", antwortete Herr Peters. „Das ist toll. Wie geht es ihm?", fragte Pia, Petras Freundin, nach.

„Sehr schlecht. Ein Autofahrer hat ihn am Straßenrand gefunden, völlig erschöpft und mit seinen Kräften am Ende. Der Mann hat sofort einen Bekannten angerufen und wie es der Zufall wollte, war das Dieter. Sie bringen Julius gleich zu uns, weil der Weg hier her kürzer ist als der zu Dieter.

Das Warten wurde zu einer Zerreißprobe, weil keiner wusste, wie es dem Pony ging. Und nach seinem Eintreffen ging es den Menschen nicht besser … es stand gar nicht gut um Julius.

Mit vereinten Kräften schafften sie es irgendwie, ihn in seine Box zu bringen. Das Tier war so erschöpft, dass seine eigenen Beine es kaum tragen wollten.

Der benachrichtigte Tierarzt war sofort zur Stelle, konnte im Augenblick aber nicht viel für Julius tun. „Wir können nur abwarten, ob er wieder zu Kräften kommt. Ich habe alles getan, was in meiner Macht steht."

Am nächsten Tag stand Julius wieder auf seinen Beinen, zwar noch etwas wackelig, aber er stand. Allen fiel ein Stein vom Herzen. Dennoch … irgendwie war das Pony anders als früher.

Die Kinder konnten es für nichts begeistern. Nicht einmal ein Leckerchen nahm es an. So wie es aussah, hatte Julius jede Freude am Leben verloren. Inzwischen blieb seine Stalltür immer einen Spalt weit geöffnet, damit er am Stallleben teilnehmen konnte, aber nichts geschah.

Er lag oder stand einfach nur teilnahmslos mit traurigen Augen da. Früher hätte er so eine Gelegenheit nie ausgelassen, um auszubüxen, aber es interessierte ihn nichts mehr.

Drei Tage später wurde das ruhige Hofleben jedoch durch ein lautes Geschepper gestört. Aufgeregt liefen alle in den Stall und trauten ihren Augen nicht. Die Mistkarre, die noch nicht entleert war und in der Stallgasse stand, war umgekippt und Julius lag mitten darin und wälzte sich.

Die Kinder bogen sich vor Lachen. Es sah zu herrlich aus.

Durch das laute Gelächter aufmerksam geworden, kam Herr Peters aufgeregt in den Stall gelaufen. „Was macht ihr denn für einen Krach? Was ist los?"

„Unser Julius ist wieder ganz der Alte, schauen Sie nur, wie er aussieht!", rief ein Mädchen mit freudiger Stimme.

Als Herr Peters das Pony sah, musste auch er lachen und Julius stimmte mit einem freudigen Wiehern ein.

„Sie wollen ihn doch wohl nicht wieder weggeben?", wollte Pia wissen.

„Nein, nein, Julius bleibt hier. Macht euch keine Sorgen. Allerdings bin ich gespannt, was er sich noch alles einfallen lässt."

Und Julius enttäuschte seine Leute nicht. Schon am nächsten Tag verteilte er das Putzzeug wieder fein säuberlich in der Stallgasse, sodass jeder wieder seine Sachen zusammensuchen musste. (Un)Ordnung muss schließlich sein!

© Pfolz/Kummer

Autorenprofil

Britta Kummer wurde 1970 in Hagen (NRW) geboren. Heute lebt sie im schönen Ennepetal und ist gelernte Versicherungskauffrau.

Die Freude am Schreiben hat sie im Jahre 2007 entdeckt und seit dieser Zeit bestimmt es ihr Leben.

Sie schreibt Kinder-, Jugend- und Kochbücher. Zusätzlich gibt es auch zwei Bücher zum Thema MS. Diese sind aber keine Fachbücher über die Krankheit MS (Multiple Sklerose), sondern die MS-Geschichte der Autorin.

Weitere Informationen finden Sie unter:

http://brittasbuecher.jimdofree.com/

Bücher der Autorin

Nepomuck und Finn: Abenteuer in Norwegen, ISBN: 978-3-7562-3240-6
Nepomucks und Finns Backstube, ISBN: 978-3-7543-7358-3
Nepomuck und Finn: Mission Umweltschutz, ISBN: 978-3-7519-9747-8
Ostern mit Nepomuck und Finn, ISBN: 978-3-7504-0772-5
Weihnachten mit Nepomuck und Finn, ISBN: 978-3-7448-9014-4
Neue Abenteuer mit Nepomuck und Finn, ISBN: 978-3-7494-5428-0
Pferde erzählen, ISBN: 978-3-9611-1618-8
Zac und der geheime Auftrag, ISBN: 978-3-9611-1668-3
Die Abenteuer des kleinen Finn - eine spannende Mäusegeschichte für die ganze Familie,
ISBN: 978-3-7534-9967-3
Kummers Kindergeschichten, ISBN: 978-3-7386-0100-8
Kummers Kindergeschichten 2, ISBN: 978-3-7392-3824-1
Kleine Mutmachgeschichten, ISBN: 978-3-9030-5644-2
Gedankenkarussell – Eine literarische Reise, ISBN: 978-3-7392-4553-9
Mein Leben mit MS, ISBN: 978-3-9030-5642-8
Mein Leben mit MS 2, ISBN: 978-3-9654-4078-4
Weihnachtsgeschichten … und noch mehr, ISBN: 978-3-7386-4553-8
Gut geschmiert in den Tag: Brittas und Edes Marmeladengenuss,
ISBN: 978-3-7481-2597-6
Kummers süße Verführungen, ISBN: 978-3-7562-2368-8
Kummers vegetarische Köstlichkeiten – einfach nur lecker,
ISBN: 978-3-7562-0691-9
Vegetarisches Grillvergnügen – so einfach geht's, ISBN: 978-3-7526-8395-0
Köstlich vegetarisch - Meine Lieblingsgerichte ISBN: 978-3-7519-9382-1
Vegetarisch für die ganze Familie, ISBN: 978-3-7448-9344-2
Kummers Suppentöpfchen, ISBN: 978-3-7386-1124-3
Kummers Ofengerichte, ISBN: 978-3-7431-4125-4
Kummers Schlemmerkochbuch - das etwas andere Kochbuch!,
ISBN: 978-3-7534-4391-1
Vegetarische Weltreise, ISBN: 978-3-7528-3915-9
Vegetarischer Genuss - Quer Beet, ISBN: 978-3-7481-6766-2
Vegetarisch für Jedermann [Kindle Edition], ASIN: B079YGP512
LIES MICH ! - Leseproben aus tollen Kinderbüchern [Kindle Edition], ASIN: B096YZ5VDN
KOCH MICH ! – Rezeptideen aus Kochbüchern und brandneue Rezepte, [Kindle Edition],
ASIN: B0BLQJCBNV

Danke

Der größte Dank geht an meine Eltern, weil sie immer für mich der Fels in der Brandung sind und mir helfen, all meine Höhen und Tiefen zu überwinden.

An meine Freunde, die immer da sind, wenn ich mal eine starke Schulter zum Anlehnen, zum Zuhören, zum Trösten, zum Weinen, aber auch zum Lachen, brauche.

An meine Autorenfreunde
Heidi Dahlsen
http://autorin-heidi-dahlsen.jimdofree.com/

Christine Erdiç
http://christineerdic.jimdofree.com/
http://literatur-reisetipps.blogspot.de/

für ihre kreative Unterstützung, unermüdliche Hilfe und dass sie mir immer mit Rat und Tat zur Seite stehen.

An Karina Pfolz für die tollen Illustrationen in diesem Buch.